# 한국 고전 소설의 매혹

차이와 반복이 만들어내는
탁월한 서사

# 한국 고전 소설의 매혹

차이와 반복이 만들어내는
탁월한 서사

김풍기

달아실

# 차례

# 읽을 때마다 새로운 우리 고전 소설의 새로운 세계를 위하여

처음 우리 고전 소설 작품을 읽었던 때가 언제인지 정확히 기억나지는 않지만, 내 기억 속에서 가장 오래된 작품은 『유충렬전』이다. 유충렬이 어렸을 때 모함을 받아 집안은 풍비박산이 나고 가족들의 생사마저 불투명할 때, 누구에겐가 구출되어 무술을 익힌 뒤 나라를 뒤흔드는 악인 정한담과 결투를 벌이던 이야기는 시간 가는 줄 모르고 나를 상상의 세계로 이끌었다. 그 작품을 워낙 여러 차례 읽어서 거의 암송할 지경이었지만 전혀 지루하지 않았다. 그것은 한글을 겨우 읽는 수준이었던 할머니께서 『심청전』을 거의 외다시피 하셨던 것과 비슷한 과정을 거친 것이 아니었을까. 똑같은 이야기를 왜 그렇게 반복해서 읽었을까. 어쩌면 나는 읽을 때마다 『유충렬전』 안에서 새로운 것들을 발견하는 기쁨을 본능적으로 알아차렸을 가능성이 크다. 반복 속에서 차이를 발견하는 기쁨이라 해도 과언이 아니리라.

고전 문학을 공부하면서 오랫동안 한문 자료를 읽었고, 그렇게 글쓰기를 해왔다. 나의 공부는 한문의 바다를 유영하면서 세월과 함께 익었다. 여전히 나는 한문 자료를 읽고 생각하고 글을 쓴다. 그렇다고 해서 한문이 한글보다 우수하다는 뜻은 아니다. 근대 이전의 자료는 한문으로 표기된 것이 압도적으로 많아서, 고전 문학을 공부하는 사람들에게는 한글 자료보다 더 접할 기회가 많다.

한동안 열심히 읽던 고전 소설과 멀어진 것은 고등학교 시절부터다. 어느 순간 우리 고전 소설이 재미가 없어졌다. 당시 한참 빠져 있던 서양 고전 작품에 비하면 얼마나 단순하고 천편일률적으로 느껴졌던지 나는 우리 고전 소설을 얕잡아보기 시작했다. 대학을 다닐 때도 고전 소설은 지나치게 유형적이라는 생각 때문에 다시 돌아볼 생각을 내지 않았다. 선생님께서 발견하신 새로운 고전 소설 필사본을 판독하면서도 나는 소설 자체를 재미있어했다기보다는 처음 발굴될 새 자료를 읽는다는 설렘 때문에 즐거워했던 것 같다. 게다가 나는 그 시절 한문 공부에 매료되어 한글 문학에서 마음이 떠나 있었던 시절이었다.

다시 고전 소설을 새로운 시선으로 보게 된 것은 거의 40대가 끝나가던 시절이었다. 나는 한동안 우리 소설 『옥루몽』으로 애니메이션을 만드는 일을 했고, 여러 가지 매체로 변환하는 즐거움에 빠져 있었다. 그 일을 어느 정도 마무리를 짓고 우연히 학생들과 『춘향전』을 읽었는데, 얼마나 재미지게 읽었는지 모른다. 단어 하나 문장 하나에 감탄하면서 거의 석 달쯤 되는 기간 읽은 『춘향전』은 내가 예전에 읽었으며 예전에 알고 있던 작품이 아니었다. 완전히 새로운 작품이었고, 문학적 감동으로 가득한 작품이었다. 그때부터 나는 우리 고전을 찾아서 읽고 메모하는 일을 하기 시작했다.

작품을 읽고 생각을 쓰는 일이 개인적인 차원에서 끝나지 않고 이렇게 독자들과 만나게 된 것은 전적으로 박제영 시인 덕분이다. 월간 『태백』 재창간호를 준비한다면서 연재를 한 꼭지 하자는 은근한 부탁을 뿌리치지 못했던 것인데, 그 전화를 받는 순간 내 머릿속에는 우리 고전 소설을 독자들에게 쉽게 소개하고 싶은 욕심이 있었기 때문이다.

이 책에서 작품을 선택한 기준은 없다. 대부분 작품은 널리 알려지지 않았는데, 내가 재미있게 읽었던 것을 독자들과 공유하고 싶어서 대중없이 선정했기 때문이다. 대신 이 책을 읽고 원작을 읽어보고 싶은 마음이 드는 분들이 있다면 참으로 기쁘겠다. 그래서 되도록 시중에 출판되어 쉽게 구할 수 있는 작품을 위주로 선정했다. 오랜 세월을 넘어서 21세기를 살아가는 지금의 독자는 작품을 통해서 옛 어른들이 조곤조곤 들려주시는 드넓은 상상력의 세계를 경험할 수 있으리라 생각한다. 오래된 이야기를 이 시대에 소개하면서 내 공부 길의 두 도반 보림과 용현이 함께 나누었던 세월 속에서의 일화를 많이 활용했다. 이 책이 조금이라도 독자의 공감을 얻는 부분이 있다면 두 도반 덕분이다. 고전 소설의 차이와 반복이 만들어내는 매력적인 세계가 널리 펼쳐지기를 기대한다.

2020년 9월

김풍기

## 일러두기

1. 고전 소설 입문자를 위한 책으로 지명과 인물, 고어, 한자 등은 독자의 이해를 위해 바꾸거나 풀어 썼다.

2. 편의상 기호는 다음과 같은 기준을 적용했다.
① '< >'는 애니메이션, 영화 등을 표시한다.
② 단, 각주와 참고문헌은 통상적으로 사용하는 표기법을 적용했다.

3. 고전 소설에 등장하는 인물의 표기는 가독성을 높이고자 붙여쓰기로 통일하였다.

# 1권. 검승전

劍僧傳

# 어느 칼잡이 스님의 비극적 이력서
―신광수의 『검승전』

## 칼잡이, 그 미묘한 긴장과 매력

칼잡이 스님 이야기를 들을 때마다 내 머릿속에는 달빛 아래 검광(劍光) 번뜩이며 칼춤 추는 광경이 그려진다. 살벌하기 그지없는 싸움터에서, 혹은 사람들 북적대는 저잣거리에서 목숨을 걸고 칼끝을 마주한 사나이들의 이야기로 다가오기보다는, 오히려 검을 통해 도의 경계에서 노니는 도인의 모습이 먼저 떠오르는 것도 칼잡이에 대한 일종의 낭만적 미의식이 덧붙여진 까닭일 터이다. 파르라니 빛나는 칼날이 주는 매력을 굳이 언급하지 않더라도 우리는 최고의 경지에 오른 칼잡이의 칼춤을 통해 일종의 엑스터시를 맛볼 수 있으리라는 기대를 한다. '협객(俠客)'의 세계가 꿈꾸는 이상적인 모습 중의 하나가 바로 그런 경지에 도달하는 것이 아닐까 싶기도 하다.

사실 칼을 차고 거리를 활보하는 모습에서 일종의 낭만적 문예 취향을 읽어내는 것은 나 자신의 편견일는지도 모르겠다. 그것은 시선(詩仙)으로 추앙받는 중국의 대시인 이백(李白)에게서 만들어진 형상이다. 중국으로 치면 서쪽 촌 동네 출신인 이백은 젊은 시절 칼을 차고 저자를 활보하면서 결투를 벌이기도 하고, 말술에 취해 거침없는 태도로 시를 쓰기도 하는 인물이었다. 시와 칼이 공존하는 세계, 그것이야말로 폼나는 사나이들의 세계가 아니고 무엇이랴 싶었던 것이다.

사마천이 최고의 협객이자 자객으로 꼽았던 형가(荊軻) 역시 목표를 향해 무섭게 돌진하는 저돌적인 의리와 함께 아름다운 가객의 모습을 동시에 보여준다. 연나라를 떠나 진시황을 암살하기 위해 기약 없는 길을 떠나게 되었을 때, 그는 연나라 국경을 흐르는 역수(易水) 가에서 벗 고점리(高漸離)의 축(筑, 고대 현악기의 하나) 소리에 맞추어 비장한 노래를 부른다. 그 유명한 「역수가(易水歌)」가 여기서 탄생하는 것이다.

그런데 우리나라에는 칼과 시문(詩文)을 동시에 행했던 인물이 거의 보이질 않는다. 협객이나 자객이라 할 만한 인물도 딱히 보이질 않거니와 그나마 단편적인 자료도 쉽게 찾아보기 힘들다. 협객류의 인물에 대한 글이 보이기 시작하는 것은 아마 조선 중기 이후가 아닐까 싶다. 그렇게 된 데에는 몇 가지 이유를 들 수 있겠지만, 결정적인 계기가 된 것은 임병양란(壬丙兩亂)과 같은 전쟁 체험일 것이다. 직간접으로 경험하는 전쟁에서 사람의 목숨이란 얼마나 허망한 것인가. 허균의 「장생전(蔣生傳)」에서 협객적인 성향의 인물을 형상화한 이래 비로소 이런 부류에 대한 기록이 보이는 걸 보면, 역시 전쟁 체험이 도선적(道仙的) 경향의 확대와 함께 큰 계기를 제공했다는 것을 알 수 있다. 그러나 이들 역시 칼과 의리로 삶을 구성할 뿐 시문을 써서 자신의 심회를 드러낸 흔적은 찾아보기 힘들다. 어쩌면 칼과 시문을 병행함으로써 낭만적 협객의 모습을 부각하기보다는 '인검입도(因劍入道, 칼을 통해 도의 세계로 들어가다)'의 행적을 돋을새김하려 했기 때문에 그럴지도 모르겠다.

이 같은 맥락에서 칼 쓰는 사람의 이야기를 글로 옮긴 작품을 들자면 신광수(申光洙, 1712~1775, 호는 石北)의 『검승전(劍僧傳)』을 첫손에 꼽을 수 있다. 게다가 이 작품은 일본과의 관계를 묘사한 흔치 않은 것이기도 하다.

## 조선 중기 도교적 분위기의 확산과 그 영향

임진왜란이 끝나면서 조선은 전혀 다른 세계로 재편되기 시작했다. 경험해보지 못했던 새로운 사건들이 주변에서 계속 일어났고, 그 경험들은 이전에 가지고 있던 사유의 지형도에 커다란 변화를 가져왔다. 전쟁의 경험이 개인의 일상을 뒤흔들면 중생들의 마음은 큰 폭으로 흔들린다. 그 흔들림을 잡아주는 것은 무엇인가. 바로 종교다. 1592년 임진왜란을 시작으로 1627년 정묘호란, 1636년 병자호란에 이르기까지, 조선은 50년에 가까운 세월을 전쟁의 풍파 속에 휘말려 있었다. 말이 50년이지, 얼마나 긴 세월인가. 지역마다 차이는 있겠지만, 50년 동안 조선의 백성들은 풍문으로든 실제 견문을 통해서든 전투와 죽음, 이산가족의 슬픔 등을 부단히 들었다. 그 경험 앞에서 사람들은 자신의 삶이나 공부가, 혹은 일상이 어떤 의미가 있을지 고민했다. 그 고민의 일단을 해결할 가능성을 보여준 것이 종교다. 사회적 천대를 받으면서도 다시 권토중래(捲土重來)의 꿈을 안고 새롭게 부흥한 것이 불교라면, 지식인과 민중들 사이에서 장생불사(長生不死)의 희망을 안고 이상향을 꿈꾸었던 것이 바로 도교다.

중국의 민간 신앙을 집대성한 도교는 지금도 여전히 성장하고 있는 종교다. 실존 인물이든 가공의 인물이든, 그 존재가 자신의 삶에 부귀와 장수를 가져다준다는 확신이 서면 언제든지 신으로 모실 자세가 되어 있는 것이 바로 도교인 셈이다. 그런 만큼 도교는 포괄하는 범위가 매우 방대하다. 철학이나 문학은 말할 것도 없고, 의학, 과학, 도술, 신선술, 체육 분야에 이르기까지 인간의 일상과 상상을 모두 포괄한다 해도 과언이 아닐 정도로 그 범위의 방대함은 타의 추종을 불허한다. 그중에서도 인간의 신체를 단련하는 문제는 도교의 장기라 할 수 있다. 추위에 견디는 방법을 익히는 불한법(不寒法)을 비롯해서 물에 빠져도 죽지 않는 불닉법(不溺法), 남녀의 교합을 통해 장수와 깨달음을 구하는 방중술(房中術), 호흡법을 통해서 인간의 수명을 늘리고 건강을 지키는 연단술(煉丹術) 등 그 종류는 이루 헤아릴 수 없을 정도다.

사실 도교만큼 인간의 욕망을 극대화시키는 종교도 흔치 않다. 유교가 현세에서의 욕망을 절제함으로써 이상적 인간형에 도달하려 하고, 불교 역시 현실에서의 욕망을 제거함으로써 깨달음의 새로운 경계에 이르고자 하는 반면, 도교는 현실에서의 모습 그대로 신선이 되고자 하는 목표를 가지고 있다. 노동하는 신선이나 고뇌에 빠진 신선을 본 일이 있는가. 신선은 언제나 편안한 마음과 풍족한 삶을 전제로 하여 선녀들의 춤과 노래, 아름다운 시 속에서 살아간다. 그들의 식탁에는 풍성한 음식이 장만되어 있고, 아름다운 술과 여흥이 준비되어 있다. 그 모습을 가만히 들여다보면 인간이 가장 이상적인 세계라고 여기는 요체들로만 구성되어 있다. 그 궁극은 바로 풍족한 삶 속에서의 장생불사다. 이것은 신선 세계의 모습이기도 하지만 동시에 힘든 현실을 살아가는 인간들의 꿈이기도 하다. 전쟁이라는 현실 속에서 인간은 언제 죽을지 모르는 나약한 존재들이다. 그곳을 벗어나 아름다운 생을 이룰 수 있는 것은 도교가 말하는 신선 세계 속에 온전히 들어 있다. 그러니 전쟁과 같은 현실이 우리 세계를 지배하면 할수록 도교적 인간형 혹은 그 세계에 대한 그리움은 강렬해질 수밖에 없다. 그런 상황을 그대로 반영한 것이 바로 임진왜란 이후의 조선이었던 것이다.

그에 걸맞게 17세기 조선의 지식인들은 도교에 깊은 관심을 가지고 책을 읽거나 편찬했다. 일찍이 허균이 「남궁선생전(南宮先生傳)」, 「장생전」 등을 지어서 신선의 모습을 구체적으로 묘사한 이래, 홍만종(洪萬宗)의 『해동이적(海東異蹟)』이 편찬된 것이 바로 허균 다음 세대인 17세기 중반이다. 이 책은 이 땅에 살았던 신선들의 일화를 모아서 전기의 형태로 엮은 방대한 일화집이다. 그 연원은 중국의 신선전(神仙傳) 계통의 영향을 강하게 받은 것이기는 하지만, 홍만종은 이 책을 통해 '조선 역시 신선들이 수양하고 살아가는 신비로운 땅'이라는 것을 유감없이 보여주었다. 이후 『속해동이적(續海東異蹟)』, 『속보해동이적(續補海東異蹟)』 등의 책이 계속 편찬되었으니, 그 영향력은 상당히 컸다고 할 수 있다.

이러한 흐름 속에서 여러 편의 짧은 글들이 나오게 되는데, 그중의 한 편이 바로 신광수의 『검승전』이다. 이 작품은 1,300여 글자 정도로 지어진 단편이다. 이 글을 지은 신광수는 과체시(科體詩, 과거 시험용 시)로 이름을 날린 바 있으며, 그의 「관산융마(關山戎馬)」는 이 방면의 대표작으로 알려져 있다. 그는 관서 지역을 두루 돌아다니면서 인정물태(人情物態)를 소재로 하여 「관서악부(關西樂府)」 연작시를 쓴 바 있을 정도로 지역의 특색을 반영한 작품을 많이 썼다. 『검승전』의 배경으로 보면 신광수가 직접 전해들은 이야기로 보이지는 않고, 또한 이 일화가 신광수 개인의 온전한 창작이라고 보기에도 망설여지는 부분이 있다. 물론 작품의 내용은 전적으로 작가의 상상력이 강하게 개입한 것이다. 그러나 그 상상력은 신광수의 앞 세대부터 사회적으로 증폭되고 있었던 도교적 사유의 영향을 받은 것으로 보인다. 검술을 통해서 신선의 경지에 들어가는 이른바 '검선(劍仙)' 이미지 역시 도교적인 것에서 비롯한다는 점을 감안하면, 그의 『검승전』은 스님의 이야기에 도교적 상상력을 더해서 창작한 것으로 보아야 한다.

## 검승(劍僧), 전우(戰友)와 사부(師傅) 사이에서 갈등하다

신광수의 『검승전』은 액자 소설의 틀을 가지고 있는 단편 한문 소설이다. 임진왜란이 끝나고 50년 뒤, 오대산에 들어가서 글을 읽던 선비가 있었다. 그 절의 스님 한 분이 글 읽는 소리를 좋아하여 매양 친하게 지내면서 수발을 들어주었다. 그런데 하루는 스님이 슬픈 표정으로, 스승의 제사가 있어서 모시질 못하겠다고 양해를 구했다. 과연 한밤중이 되자 슬피 우는 소리가 진동하더니, 새벽이 되자 거의 기절할 지경에 이르는 것이었다. 다음 날 아침, 선비는 이상한 마음이 들어 뭔가 숨은 곡절이 있는 것 아니냐며 물었다. 그 스님은 한숨을 쉬면서 이런 이야기를 들려준다.

원래 자신은 일본인 검객이라는 것. 조선을 침략하기 위해 일본 지도부는 20세 이하의 검객 오만 명 중에서 삼천 명을 뽑아 특별대를 조직하고, 척후병으로 조선에 파견한다. 이들은 백 보 밖에서 날아 사람을 베기도 했고, 공중에 나는 새도 떨어뜨리곤 하는 뛰어난 이들이었다. 철령을 넘어 평안남도를 지나 육진(六鎭) 깊이 들어갔을 때, 도롱이를 입고 높은 바위 위에 앉은 이가 있었다. 왜인들이 그를 향해 조총을 쏘았으나 칼로 총알을 떨어뜨렸다. 왜인들이 그를 포위하자, 그는 새처럼 날아 내려오면서 칼을 한 번 휘둘렀는데 마치 풀을 베듯 사람을 베는 것이었다. 삼천 명이 순식간에 죽고 두 사람이 살았는데, 그중의 하나가 바로 자신이라는 것이었다.

결국 두 사람은 그를 따라 명산을 다니면서 오랜 기간 동안 검술을 연마한다. 어느 날 밤, 그가 암자를 나가다가 신발 끈을 매려고 허리를 숙인 사이 함께했던 동료가 그를 칼로 베어버렸다. 말하자면 스승을 벤 것이다. 그 순간 칼이 번뜩이면서 스승을 베었던 동료 역시 자신의 칼날에 죽는다. 부친 같은 사부가 형제 같은 동료에게 죽고, 삼천 명 중에 살아남은 단 하나의 동료는 자신의 칼날에 죽다니, 참으로 비극적인 사건이다. 그는 자살하기로 하고, 고향과 통하는 동해로 간다. 바다에 몸을 던졌으나 큰 물고기들이 서로 싸우는 와중에 자신을 육지로 밀어내서 자살에 실패한다. 자신은 머리를 깎고 오대산에 들어가 스님이 되는데, 이렇게 솔잎을 먹으며 산 지 40년이 되었단다. 이제 자신의 나이 여든이 넘었으니 내년에 또 사부님의 제사를 모실지 알 수 없으니, 서러움이 더욱 북받쳐 대성통곡했노라고 이야기하더라는 것이다. 다음 날 그 스님을 뵈려고 갔더니, 이미 종적을 감춘 뒤였다고 한다.

액자 소설의 성격을 통해서 이야기의 사실적 차원이나 인물의 구체성을 신비화시키면서, 동시에 읽는 사람에게는 다양한 고민거리를 던져준다는 점에서 이 작품은 당시 다른 어떤 작품보다도 흥미롭다. 나라를 뛰어넘어 이루어지는 인간과 인간의 만남, 그 속에서 싹트는 사제지간의 정과 미움, 배신과 우정 이야기가 짧은 분량 속에 촘촘히 배어 있다. 읽는 시간 내내 긴장의 끈을 놓지 못하게 하는 그 수법도 대단하지만, 기본적으로 일상에서는 경험할 수 없는 기이한 이야기와 인물들, 그들의 칼솜씨 등은 독자들의 관심을 끌기에 충분하다.

## 잊혀진 협객, 잃어버린 영웅

전쟁을 겪으면 삶이 보인다. 저 사람의 죽음이 자신의 것이었을지도 모르는 순간의 나뉨, 그 찰나의 기억은 오래도록 자신의 삶을 되돌아보게 하는 중요한 반성적 기제이다.

죽음을 사유해야 할 듯한 전쟁 시기에 오히려 삶의 문제가 중요한 사회적 관심사로 떠오른다는 것은 참 역설적이다. 그것은 생존의 문제가 이성적으로 다가오는 것이 아니라 직관적으로 혹은 나의 눈앞에 현실로 다가오기 때문일 터이다.

혼란한 전쟁터를 벗어나서 영원한 생명을 구가하며 '살아 있음'을 즐기는 신선이 되고 싶은 욕망이야 누구나 가질 수 있다. 그러나 신선의 자리는 아무나 함부로 접근할 수 없어서, 언제나 신비와 인내, 기이한 인연과 타고난 골격 등이 있어야 한다. 어찌 보면 운명적이기까지 한 이 담론 속에서 우리는 도가가 목표로 하는 것이 절망적인 상황 속에서 희망을 만들어내기 위한 방식이란 것을 읽을 수 있다. 따라서 그 목표는 우리 앞에 노골적으로 드러나 있기보다는 신비스러운 방식으로 자신의 모습을 은폐한다. 사람들은 은폐된 진리를 찾아 평생을 헤매지만 그 당체(當體)와 대면하기란 거의 불가능하다. 그 진리를 획득하여 살아가는 사람이 우리 앞에 모습을 드러내지 않는 것도 이 때문이다.

진리는 언제나 소문과 비기(秘記) 속에서만 존재한다. 그러한 모습이 수많은 일사(逸士)를 탄생시키는 힘이다. 빼어난 능력을 가졌지만 시대와의 불화로 인하여 숨어 살 수밖에 없는 인물, 그들이 바로 일사이다. 신광수가 기록하고 있는 칼잡이 스님 역시 도가적 기풍을 가진 일사로서의 면모를 보인다. 칼에 의한 수련 역시 도가가 지향하는 여러 방법의 하나이기도 하다.

이 같은 유형의 일사는 후일 「검녀(劍女)」와 같은 작품에서처럼 사회적으로 소수자인, 여성이면서 빼어난 검술 실력을 가진 숨은 협객으로 나타나기도 한다. 이들은 자신을 알아줄 수 있는 사람을 찾아 떠돌아다니지만, 잠시 정착하는 듯하다가 결국은 다시 길을 떠나 종적을 감춘다. 세상의 어지러움이 계속되는 한 이들의 방랑은 결코 멈춰지지 않을 것이다.

그러나 다시 생각해보면, 그들이 자신을 알아줄 사람을 찾아 방랑하는 것이 아니라 잊혀진 일사, 잃어버린 영웅을 찾고 싶어 하는 우리의 희망이 반영된 것은 아닌지 모르겠다. 그것은 영웅일사(英雄逸士)를 기다리는 세상이라는 의미이기도 하니까.

# 2권. 기재기이

企齋記異

# 삶의 굴곡이 빚어낸 단편들
—신광한의 『기재기이』

## '기재기이'를 들어보신 적 있나요?

『기재기이(企齋記異)』라고 하면, 웬만큼 한국 고전 문학에 관심이 있다는 사람조차도 처음 들어본다면서 고개를 갸웃거린다. 제목만 봐서는 해석도 안 되니 그 내용을 감잡는 것도 쉽지 않다. 이게 수필집과 같은 성격의 잡록류(雜錄類)인지, 귀신 이야기를 모아놓은 야담(野談) 책인지 판단이 서질 않는다. 이 책에 대한 기록으로 비교적 오래된 것은 조선 중기 이수광(李睟光)의 『지봉유설(芝峯類說)』이다. 이 기록에 주목해서 자료를 모으던 숭실대학교 소재영 교수도 처음에는 야담류의 책이 아닌가 싶어 그 소재를 찾기 시작했다고 고백한 바 있으니, 전공자가 아닌 사람들이야 말할 것도 없겠다.

이 책이 처음 세상에 본격적으로 소개되어 알려진 것은 1986년 6월 전국 국어국문학 연구 발표 대회장에서였다. 이때 소재영 교수는 일본 천리대학(天理大學)에 소장되어 있는 『기재기이』를 발견하여 발표했던 것이다. 이후 여러 조사를 통해 고려대학교 만송문고본으로 소장되어 있던 목판본을 발견하게 되었고, 이

것이 최초로 판각된 판본으로 판단되었다. 일본의 것은 판본이 간행된 이후 그것을 다시 필사한 것으로 보이는데, 본문에 군데군데 잘못 필사된 글자가 보이기도 하고 아예 일부분을 빼먹고 필사한 곳이 있기 때문이다. 이를 통해 『기재기이』가 기록으로만 전하던 신광한의 단편 소설집이었다는 사실이 밝혀졌다.

신광한(申光漢, 1484~1555)의 호는 기재(企齋), 자는 한지(漢之) 또는 시회(時晦), 본관은 고령(高靈)이다. 24세 되던 해, 과거에 급제하여 벼슬길에 나선 이래 한동안 은거한 시절도 있었지만 의정부좌찬성(議政府左贊成)에 이르렀던 인물이다. 험악한 사화(士禍)를 거치면서도 큰 탈이 없었으니, 그의 성품을 짐작할 만도 하다.

사실 그의 이력을 단번에 알려줄 수 있는 강렬한 단어는 신숙주(申叔舟)이다. 신광한은 바로 신숙주의 친손자이기 때문이다. 신숙주가 누구인가. 그는 단종 복위에 주도적으로 참여했던 사육신(死六臣)의 모의를 알려서 한바탕 피바람을 몰고 온 사건의 중심에 섰던 인물이다. 오죽하면 이런 얘기도 전한다. 단종 복위 사건이 무위로 돌아갔다는 소문을 전해들은 신숙주의 아내가 대청에 목을 매어 자살하려고 했다. 때마침 신숙주가 퇴근해서 집에 돌아왔는데, 아내가 대청에 목을 막 매달고 있는 것이 아닌가. 왜 그러느냐고 물었더니, 아내가 이렇게 대답했더란다.

"선왕(先王) 복위 사건이 탄로 나서 많은 선비가 잡혀갔다고 들었습니다. 그래서 저는 당신도 거기 잡혀간 줄 알았지요."

신숙주의 무안해하면서도 당황스러워하는 얼굴이 떠오르지 않는가. 옛 야담집에 전하는 것이니 믿거나 말거나기는 하지만, 조선 시대 사람들도 이런 얘기를 즐기면서 사육신 사건에 대한 자신의 생각을 의탁했던 듯하다.

어찌 보면 조상 때문에 자손이 편견 어린 시선으로 관찰된다는 것은 부당한 일이다. 그러나 당시 많은 사람이 세조의 왕위 찬탈 사건에 대해 의론이 분분했을 터인즉, 신숙주의 손자인 신광한에게 있어서 이 사건이 아무런 심리적 충격도 주지 않았으리라고 볼 수는 없다. 할아버지에 대한 심리적 음영은 아마도 『기재기이』에 수록된 단편 「안빙몽유록(安憑夢遊錄)」에 은밀히 숨어 있다고 말할 수 있을 정도이다. 물론 이런 의견에 대해서 다른 생각을 하는 사람도 있겠지만, 그렇다고 해서 전적으로 그 혐의를 벗어나기는 어렵지 않을까 싶다.

신광한의 생애에서 중요한 사건을 들라면 두 가지를 들겠다. 하나는 늦공부를 시작한 것이고, 다른 하나는 경기도 여주에서 15년간을 은거했던 일이다. 신광한의 부친은 신숙주의 일곱째 아들 신형(申泂)이고, 신형의 셋째 아들이 바로 신광한이다. 신광한이 네 살 때 부친이 돌아가셔서 어머니 슬하에서 자랐다. 그러니 자라면서 학문 세계에 들어갈 수 있는 계기가 상대적으로 적었음은 충분히 짐작이 간다. 그는 집안 노복들에게조차 놀림을 당하게 되자 점점 공부에 관심을 가지게 되는데, 15세 되던 해에 비로소 글을 읽을 줄 알게 되어 이름난 선비들을 찾아 공부를 하게 된다. 그의 진도가 얼마나 빨랐는지, 평범한 사람들이 절름발이 노새라면 신광한은 발 빠른 준마라며 칭찬을 들었다고 한다. 그 결과 24세 되던 1507년에는 생진시(生進試)에 급제하였고, 26세에는 과시(課試)에, 27세에는 회시(會試)에, 28세에는 대과(大科)에 급제하여 앞날이 창창한 젊은이로 기대를 모은다.

조광조(趙光祖, 1482~1519)라는 인물을 기억하시는지 모르겠다. 유교적 이상 사회를 건설하기 위해 급진적인 사회 개혁을 추진하다가 결국은 훈구파(勳舊派)의 공격을 받아 기묘사화(己卯士禍, 1519) 때 죽음을 맞은 인물이다. 신광한과 조광조는 절친한 사이였다. 그런데도 신광한이 기묘사화에 연루되지 않았던 것은, 기묘하게도 사건이 일어났던 당시 신광한은 병 때문에 사직을 한 상태였기 때문이었다. 재앙이 직접 그에게 미치지 못했던 것이다.

이 사건 때문이었는지는 몰라도 기묘사화 이듬해인 1520년, 신광한은 삼척부사를 자원해서 멀리 강원도 삼척에서 생활하다가 1522년 어머니의 죽음을 계기로 경기도 여주에서 15년간의 오랜 은거 생활에 들어간다. 당시 그는 오로지 책과 음악에 묻혀 살면서 간간이 제자들을 길렀던 것으로 알려져 있다. 1538년 성균관대사성(成均館大司成)으로 관직에 복귀한 이후 그는 여러 벼슬을 역임한 다음 의정부좌찬성에 오른다.

그는 시를 잘 지어서 후세까지 이름이 높았다. 우리나라 최초의 한문학사인 김태준의 『조선한문학사(朝鮮漢文學史)』에서는 성현(成俔), 박상(朴祥), 황정욱(黃廷彧) 등과 함께 시중사걸(詩中四傑)로 나란히 둘 정도였다. 그러나 업무 처리 능력은 좋지 못해서, 항상 처리하지 못한 공문서가 책상에 쌓였다고 하니, 그 사람됨을 알 만하다. 문학적 능력과 사람 좋은 성품은 평가할 만하지만 과단성 있는 성격은 아니었나 보다.

훈구파에 속하는 가문의 인물이면서도 사림파(士林派)와 절친했고, 기묘사화에 연루되지 않았지만 오랜 은거 기간을 가졌다는 점은 신광한에 대한 평가를 쉽지 않게 한다. 한 인물의 일생을 하나의 기준으로 가르는 것은 불가능한 일이지만, 그럼에도 불구하고 그의 삶에는 여러 층의 주름이 교묘하게 숨어 있어서 문학 세계를 엿보는 데 한층 풍성한 무대를 연출해낸다.

## 『기재기이』의 단편들

그러면 신광한의 책 제목이 이해가 될 것이다. '기재(企齋)'는 신광한의 호이고, '기이(記異)'란 말 그대로 '기이(奇異)한 일을 기록(記錄)한다'는 뜻이다. 이 책에는 모두 네 편의 단편이 수록되어 있다. 수록된 순서대로 열거하면 이렇다. 「안빙몽유록」, 「서재야회록」, 「최생우진기」, 「하생기우전」. 이제 그 차례대로 작품을 살펴보자.

# 「안빙몽유록(安憑夢遊錄)」
## 늦봄, 꽃들과의 한바탕 잔치

봄날이 가면 꽃의 날들도 간다. 아파트 생활을 하는 내게 계절이란 전적으로 창밖 뒷산의 색깔로 어림짐작하는 처지지만, 화단이 있는 사람들의 경우 겨울 눈이 녹기 시작하면 벌써 1년간의 꽃소식에 대한 정보가 머릿속에 차례로 자리 잡힌다. 제일 먼저 무슨 꽃이 피기 시작해서 다음에는 어떤 꽃, 어떤 나무에 물이 올라 꽃이 피는지 소상하게 안다. 마치 농사짓는 사람이 봄만 되면 1년 영농 계획이 머릿속에 소상히, 체계적으로 들어와 앉는 것과 다를 바 없다. 그러나 매 계절이 같은 감흥으로 다가오는 것은 아닐 것이다. 꽃을 좋아하는 사람에게 가는 봄날은 참으로 아쉬운 시절이다. 바람이 불어올 때마다 꽃은 떨어지고, 녹음이 우거져올 때마다 화단의 아리따운 꽃들은 자취를 감추니 말이다.

「안빙몽유록」은 그런 아쉬움을 가진 사람들에게 알맞은 단편이다. 이 작품의 주인공 안빙(安憑, 이름을 해석하면 '편안히 기대 있다'는 뜻이다!)은 과거 낙방생이다. 그는 화단에 진기한 화초를 잔뜩 심어놓고 감상하면서 시를 읊조리는 것으로 봄날을 보내는 사람이다. 하루는 풋잠이 설핏 들었는데, 호랑나비 한 마리가 와서 코앞에서 춤을 추는 것이었다. 마치 자신을 안내하는 듯하여 나비를 따라가니 복숭아꽃, 오얏꽃이 흐드러진 한 마을에 이르렀다. 머뭇거리고 있는데 청의동자(靑衣童子, 파랑새를 의미함)가 오더니 웃으면서 맞이한다. 그를 따라 마을로 들어가니 화려한 전각들이 즐비하다. 그곳은 요임금의 장남 단주(丹朱)의 후손인 여자가 왕인 나라였다.

안빙을 맞아들인 왕은 이부인(李夫人=오얏꽃)과 반희(班姬=복숭아꽃)를 비롯하여 조래선생(徂來先生=소나무), 수양처사(首陽處士=대나무), 동리은일(東籬隱逸=국화), 옥비(玉妃=매화), 부용성주(芙蓉城主) 주씨(周氏=연꽃) 등을 불러 한바탕 잔치를 벌인다. 이들은 수많은 악기(樂妓)의 연주와 춤을 감상하면서 구화상(九華觴)에 도미주(酴醾酒)를 부어 마셨다. 돌아가면서 시를 지어 즐기기도 하니, 잔치 자리가 그야말로 흥성스럽기 그지없었다. 잔치가 끝날 무렵 안빙이 인사를 하고 자리를 뜨자 사람들이 성대하게 전송을 하였다. 궁을 막 나서는데 문밖에서 웬 미인[=黜堂花(출당화)]이 서 있었다. 누구냐고 물으니 그녀는 울면서 "선조 중의 한 사람이 양귀비에게 죄를 지었다고 하여 집 밖으로 쫓겨났는데 매우 억울하다"고 말하는 것이었다. 그 순간 천둥소리가 크게 들려서 깜짝 놀라 돌아보니 한바탕 꿈이었다.

정신을 차리고 주변을 살펴보니 부슬비가 축축하게 내리고 있었고 천둥소리가 은은히 들리는 것이었다. 곧바로 정원으로 나가보니 모란 한 떨기가 땅에 떨어져 있었고, 꿈속의 여러 인물에 해당하는 화훼(花卉)들이 여기저기 널려 있었다. 그제야 안빙은 꿈속의 여러 인물이 꽃이 만든 변괴라는 사실을 알고 이후로는 정원에 눈을 돌리지 않고 오직 책만 읽었다고 한다.

이 작품의 묘미는 우리가 일상적으로 대하는 화단의 여러 가지 꽃에 대한 정교한 의인화에 있다. 작자는 꽃이 가지는 상징적 측면을 의인화하여 흥미로운 이야깃거리로 만들었다. 이 때문인지 여러 단편 중 비교적 널리 읽힌 것도 이 작품이다. 국문본 「안빙몽유록」이 전하는 것에서 작품의 인기를 엿볼 수 있다. 그러나 등장인물이 정확하게 어떤 꽃을 의인화한 것인가 하는 점에서는 의견이 분분한 부분도 있다. 예를 들면, 조래선생의 경우 국문본 소설의 본문에서는 소나무라고 했으나 최승범 교수는 대나무로 보았다. 수양처사의 경우 역시 국문본에는 수양버들로 주기하였지만(소재영 교수 역시 수양버들로 봄) 최승범 교수는 매화로, 박헌순 선생은 대나무로 보았다. 이러한 것들이 작품을 읽어나가는 데 장애가 되기도 하지만, 각 인물의 성격을 묘사하거나 그들에 관련된 고사를 인용하는 솜씨를 통해서 작품을 구성해나간 수법을 흥미롭게 읽을 수 있을 것이다.

더욱이 집에서 쫓겨난 출당화의 대사를 통해, 조상이 죄를 지었다는 억울한 누명 때문에 자신이 집 안에 들어가지 못한다고 이야기함으로써 할아버지 신숙주와 관련하여 자신이 사회적으로 받는 편견 어린 시선을 비판적으로 우의하고 있다. 어쩌면 자신의 삶을 이야기하려고 이렇게 복잡한 이야기와 의인화 대상을 등장시켰는지도 모를 일이다.

## 「서재야회록(書齋夜會錄)」
## 선비의 오랜 벗, 문방사우(文房四友)

요즘 볼펜의 잉크가 다 떨어질 때까지 사용해본 일이 있는지 모르겠다. 20년 전만 하더라도 볼펜의 잉크가 다할 때까지 사용하는 것은 물론이고 몽당연필도 볼펜 껍데기에 끼워서 마르고 닳도록 썼으니, 지금 생각하면 격세지감이 있다. 공부하는 학생 입장에서 가장 가까운 사물을 꼽자면 당연히 연필과 연습장, 책이었다. 이들은 언제나 우리 주위를 서성거리면서 필요할 때면 요긴하게 사용하였다.

옛날 선비들에게 가장 가까운 친구는 당연히 문방사우(文房四友)였다. '종이, 붓, 먹, 벼루'가 그것이다. 이들은 글공부하는 선비들의 필수품이자 평생의 지기였다. 속마음을 가장 먼저 전하는 것도 이들이요 아름다운 글을 후세까지 전하는 것도 이들 덕분이다. 그러니 선비들의 총애야 말할 필요도 없다. 「서재야회록」은 이들 벗에 대한 사랑을 고백한 한 선비의 기록이다.

달산촌(達山村)에 한 선비(작품에서 이름을 밝히지 않는다고 하면서 그냥 '士'라고만 표기하였다. 그러나 글 속에서 자신을 소개하는 부분 중에 고양씨의 후손이라는 등 집안이 대대로 벼슬을 했다는 등 하는 것으로 보아 신광한 자신을 의탁한 것으로 보이는 인물이다.)가 있었다. 음력 8월 13일, 은하수 흐르고 맑은 이슬 내리는 아름다운 밤이었다. 시를 읊으면서 이리저리 거니는데 서재 안에서 말소리가 들리는 것이었다. 아무도 없는 서재에 웬 소리인가 싶기도 하고, 도둑이 들었나 싶기도 해서 선비는 몰래 방 안을 엿보았다. 방 안에는 네 사람이 둘러앉아 담소를 나누고 있었다. 그 차림새도 이상했다. 한 사람은 치의(緇衣, 검은 물을 들인 옷)를 입고 현관(玄冠, 검은 관)을 쓰고 있었으며(=벼루), 한 사람은 반의(班衣, 색동옷)를 입고 있었는데 모자를 벗고 있어서 상투가 위로 솟아 있었다(=붓). 또 한 사람은 흰옷에 윤건(綸巾)을 썼는데 용모가 백옥과 백설처럼 깨끗했으며(=종이), 다른 한 사람은 검은 옷에 검은 모자를 썼는데 얼굴은 검푸르고 매우 못생긴 작달막한 사람이었다(=먹). 이들은 자신의 주인을 위해 몸을 아끼지 않고 일을 했는데 오히려 둔하다거나 경박하다고 놀림을 당해 왔다면서 불만을 터뜨리고 있었다.

몰래 엿보던 선비는 그들이 도둑이 아니라 물건이 사람처럼 변한 것임을 알고 호기심이 생겨서 헛기침을 하며 방으로 들어갔다. 그러나 그들은 사라지고 텅 빈 방에 선비만이 있을 뿐이었다. 이에 선비는 제문을 지어 읽었고, 잠시 후 네 사람은 다시 모습을 드러냈다. 선비를 비롯하여 차례로 소개를 하면서 서로 이야기도 나누고 시도 주고받으며 즐겁게 시간을 보낸다.

아침 늦게 일어난 선비는 방 안에 있는 붓, 벼루, 종이, 먹을 찾아보았다. 옛날에 보관해 두었던 벼루는 바람벽 흙덩이를 맞고 깨어져 있었고, 붓 한 자루는 무늬 있는 대나무 대롱으로 만들었는데 뚜껑이 없어진 채로 너무 닳아 쓸 수 없었고, 먹 한 개는 다 닳아 한 치도 안 되게 남아 있었고, 종이는 장 단지를 덮는 용도로 사용하고 있었다. 이에 느낀 바가 있어서 선비는 즉시 제문을 지어 이들을 조문하고 담장 밑에 묻어 주었더니, 그날 밤 꿈에 이들이 와서 사례하면서 선비가 앞으로 40년은 더 살 수 있으리라는 말을 했다. 이후부터는 밤에 서재에서의 변괴가 없어졌다고 한다.

이 작품은 전체적으로 가전체(假傳體)와 몽유록(夢遊錄)을 혼합하여 지은 것이다. 붓을 의인화하여 글을 쓰는 전통은 당나라 한유(韓愈)의 「모영전(毛穎傳)」
을 필두로 많은 사람이 지은 바 있다. 그러나 문방사우를 모두 등장시켜 지은 작
품은 거의 없다.

여기 등장하는 벗들은 모두 효용 가치를 잃고 버려진 존재들이다. 선비 역시
쓸쓸하게 시골에서 지내는 인물이다. 신명을 다해 일했지만 노둔하고 경박하다
는 평이나 듣고 버려진 몸들이다. 이 글은 아마도 신광한이 경기도 여주에 은거
할 시기에 지어진 것으로 보인다. 쓸쓸함과 아쉬움이 아름다운 시편들과 함께 펼
쳐지는 아름다운 작품이다.

## 「최생우진기(崔生遇眞記)」
## 최생, 신선을 만나다

우리나라 고전 소설 작품 중에서 신선이 나오는 것을 꼽는다면 아마 굉장히
많은 분량일 것이다. 신선이 인간 세계에 환생하여 활약하는 것은 말할 것도 없
고, 신선이 조연으로 등장하는 경우도 많다. 그것을 감안한다면 신선이야말로
우리 고전 소설에 중요한 소재가 아닐까 싶다. 「최생우진기」 역시 신선을 만나고
돌아온 이야기다.

강원도 삼척에 있는 두타산에는 학소동(鶴巢洞) 또는 용추동(龍湫洞)이라고
부르는 곳이 있다. 학이 사는 곳이라서 학소동이라 부르고, 용이 사는 못이 있다
고 해서 용추동이라고 한다(두타산 용추는 지금도 그 지역에서는 이름난 관광지이다.).
최생(崔生)이라는 강릉 사람이 있었다. 그는 신선 공부를 하는 증공(證空) 스님
과 함께 두타산 무주암(無住菴)에서 오래 지냈다. 하루는 책을 읽다가 창문 밖으
로 보이는 가을 하늘이 너무 맑고 단풍이 아름다워서 멀리 떠나고 싶은 마음이
들었다. 그는 아무도 들어가 보지 못했다는 용추동에 들어가 보고 싶어졌다. 증

공에게 이야기하니, 절벽으로 되어 있는 곳이어서 절대로 들어갈 수 없다는 것이다. 최생은 증공 스님을 억지로 이끌고 그곳으로 갔다. 벼랑에 아슬아슬하게 서서 이야기하던 최생은 순간 밑으로 아득히 떨어지고 말았다. 절로 돌아온 증공 스님에게 사람들은 최생이 어디 갔느냐고 물으니 적당한 핑곗거리가 없어서, 최생이 산 아랫마을에 가서 기생집에 이끌려 들어간 것 같다며 둘러댔다. 그러나 세월이 흘러도 돌아오지 않자 아마도 증공 스님이 최생을 떠밀어 죽였을 거라고 사람들은 수군거렸다.

그럭저럭 세월이 흘렀다. 눈이 개고 밝은 달이 막 솟은 어느 날 밤이었다. 문을 다급히 두드리며 증공 스님을 부르는 소리가 들렸다. 얼른 나가보니 바로 최생이었다. 그동안 어디서 무엇을 하며 지냈느냐고 물으니 이렇게 말하는 것이었다.

아득한 벼랑으로 떨어졌다가 정신을 차려보니 벼랑의 덩굴에 몸이 걸려 있었다. 겨우 절벽 아래 보이는 굴속으로 들어갔다. 수십 리쯤 가니 훤한 빛이 보였다. 앞에 보이는 개울을 따라 올라가니 화려한 전각이 가득한 마을이 나타났다. 성문 앞에는 이무기 머리에 등짝은 자라와 같고 몸은 상어와 같은 녀석 둘이 지키고 있었다. 너희들의 왕을 만나러 왔다고 하자 안내를 해주었다. 용의 수염에 번쩍이는 눈을 가진 왕이 앉아 있었고, 그 옆으로는 동선(洞仙), 도선(島仙), 산선(山仙) 등 세 사람의 빈객이 있었다. 그곳은 바로 용추 밑에 있는 수부(水府)였다.

이들은 음악과 춤을 즐기며 음식을 먹다가 서로 만난 것을 기념하기 위해 시를 주고받는다. 최생이 여기서 대단한 칭탄을 받았음은 물론이다. 한껏 즐기고 나자 이들은 최생에게 이제는 돌아가고 싶지 않은지 물었다. 최생은 이곳에서 말을 모는 마부가 될지언정 속계로 돌아가고 싶지 않다고 하자, 동선은 주머니에서 작은 알약 하나를 주면서 말했다. "이 알약을 먹으면 속세에서 10년은 살 것입니다. 10년 뒤 봉래산에서 다시 만납시다."

최생은 현학(玄鶴, 검은 학)을 타고 절로 돌아왔다. 하룻저녁을 그곳에서 즐겁게 보낸 것 같았는데 알고 보니 벌써 몇 달이나 지난 뒤였다. 그 뒤 최생은 산속으로 들어가 약초를 캐며 지냈는데 어떻게 되었는지 아무도 몰랐으며, 증공 스님은 오래도록 무주암에 살면서 이 이야기를 이따금 하곤 했다는 것이다.

신광한이 젊은 시절 삼척부사를 지냈던 경험이 반영된 작품이다. 이 작품에서도 등장인물은 각각의 어떤 역사적 인물을 염두에 두고 설정된 것 같지만, 동선(洞仙)이 신라 말 지식인 최치원(崔致遠)을 의미한다는 것 외에는 짐작이 가지 않는다. 아득한 벼랑에 떨어졌다가 우연히 물속의 신선계를 여행하고, 그 과정에서 자신의 문학적 재능을 마음껏 펼쳐 보인다는 설정은 이미 김시습(金時習)의 『금오신화(金鰲新話)』에 수록된 단편 「용궁부연록(龍宮赴宴錄)」에서 보인다. 그런 점에서 김시습의 영향이 엿보이는 부분이기도 하다.

기묘사화(己卯士禍)에서 많은 희생이 있었던 직후의 신광한의 마음을 반영이라도 하듯, 이 작품에서는 임금의 능동적 의지를 강조하고 있다. 수부(水府)의 왕은 이렇게 말한다. "왕에게 아첨이나 하는 유생들은 홍수나 가뭄 같은 자연재해를 모두 하늘의 탓으로 돌립니다. 그러나 그것을 하늘의 탓으로 돌리고 사람의 할 일을 소홀히 했다면 요 임금이나 탕 임금이 무슨 성군이겠습니까?" 말하자면 모든 것을 하늘에 맡기고 임금으로서의 능동적 역할을 포기하는 순간 정치는 어지러워지고 세상은 험난해진다는 것이다. 또한 신선이 될 분수도 못 되면서 선약을 먹고 신선이 되려고 하는 사람에게 그 약은 오히려 독이 된다는 동선의 말을 통해 분수에 넘치는 과도한 욕망을 경계한다. 자기 주제를 알아야 한다는 것일까? 그 말처럼, 신광한은 삼척부사를 그만두고 즉시 15년의 긴 은거에 들어가게 된다.

## 「하생기우전(何生奇遇傳)」
## 죽은 미녀 살려내서 결혼한 이야기

한동안 죽은 사람과 산 사람 사이의 사랑 이야기가 유행하던 시절이 있었다. 「천녀유혼(倩女幽魂)」과 같은 중국 영화에서 자주 보이는 소재였다. 물론 그 이야기의 원래 소재지는 당나라 시기에 발달했던 전기(傳奇) 작품이었다. 전기(傳奇) 문학의 중요한 특징은 우리가 일상생활 속에서는 결코 경험할 수 없는 신이한 것들을 경험한다는 것인데, 특히 죽은 사람과 산 사람 사이의 사랑 이야기는 사랑의 완성 여부와 관계없이 사람들의 흥미를 끌기에 충분했다. 지금도 사랑하는 사람을 잊지 못해서 죽음과 삶의 경계선에서 서성거리는 사람들의 이야기가 풍문으로 떠도는 것을 보면 역시 사랑은 생사를 초월하는 관심거리임이 틀림없다. 「하생기우전」 역시 그런 소재를 다룬 작품이다.

고려 시대 하생(何生)이라는 사람이 있었다. 그는 어려서 부모를 모두 잃었으나, 워낙 재주가 좋고 총명하며 인물이 훤칠해서 명성이 고을에 자자했다. 원님이 하생을 개경의 태학(太學)에 보내기 위해 천거를 했고, 그는 집을 떠나 공부를 하게 되었다. 개경으로 출발하기 전, 집안의 종들을 모두 모아놓고는, 훗날 금의환향할 터이니 집안을 잘 건사하면서 있으라고 당부를 했다.

국학(國學)에 나아가 공부를 하는데 아무도 자신을 능가하는 사람이 없자 그는 서서히 다른 사람을 깔보기 시작했다. 마음만 먹으면 언제든지 장원 급제를 할 수 있으리라는 자신감 때문이었다. 그러나 세상이 너무 어지러워서, 태학생의 성적대로 선발하는 것이 아닌지라, 그럭저럭 4, 5년을 허송하게 되었다. 그는 개경 낙타교 부근에 유명한 점쟁이들이 많다는 소문을 듣고, 숨겨둔 돈을 꺼내서 그곳으로 가서 점을 쳤다. 점괘에 의하면 그는 원래 부귀하게 될 사람인데, 그날만은 매우 불길하다고 했다. 다만 도성 남문을 나가서 해가 저물기 전에는 돌아오지 말아야 액땜이 된다고 했다. 하는 수 없이 그는 도성 남문을 나서서 하염없이 길을 가기 시작했다.

날이 어두워지고 배는 고팠다. 얼마나 갔을까. 앞에 희미한 불빛이 보였다. 갔더니 아름다운 여인이 수심 어린 모습으로 방에 혼자 앉아 시를 짓고 있었다. 그는 하룻밤 묵어가길 청하였다. 주인 여자가 시녀를 통해 시를 보내왔는데, 그 속에는 은근한 정이 스며 있었다. 하생은 긴가민가하면서 주인 처녀가 있는 방으로 들어갔다. 좋은 인연을 맺어보자는 말에 낭자 역시 거절하지 않았다. 그러나 그녀는 이렇게 말하는 것이었다. "저는 사실 인간이 아닙니다. 원래 저는 시중(侍中)의 딸인데, 사흘 전에 죽어 이곳에 묻혔습니다. 우리 아버지께서는 슬하에 아들 다섯과 딸 하나를 두셨는데 워낙 나쁜 짓을 많이 해서 사람을 죽이는 바람에 다섯 아들이 모두 죽는 벌을 받았습니다. 저 역시 요절하여 이렇게 되었는데, 옥황상제께서 '네 아버지가 옥사를 처결하면서 무죄한 사람 수십 명을 살려낸 바 있으니, 보답을 해야겠다. 다섯 아들은 죽은 지 오래되어 곤란하지만, 너는 이제 막 죽었으니 살려 주겠다'고 하셨습니다. 그러나 사흘 안에 낭군을 만나야 하는데, 오늘이 바로 사흘째 되는 날입니다."

하생도 울먹이며 모든 것을 받아들이기로 했다. 낭자는 금척(金尺)을 하나 주면서, 개성 저잣거리 큰 절 앞에 있는 하마석(下馬石) 위에 이것을 놓고 있으면 알아보는 사람이 있을 것이라고 하였다. 하생은 그 길로 개성 시내로 가서 낭자의 말대로 했다. 해가 중천에 떠오르도록 아무도 관여하지 않는데, 시장에 다녀오던 여인이 그것을 보더니 총총히 집으로 돌아가는 것이었다. 얼마 후 한 건장한 노복이 오더니 묘를 도굴한 도둑놈이라며 어느 대갓집으로 끌고 가서 묶어 놓았다. 결국 시중이 금척을 보고는 딸의 무덤에 넣었던 부장품이라는 것을 알고 하생에게 연유를 물었다. 그는 일어났던 일을 소상히 말했다. 시중은 이상하게 생각하면서 노복들을 시켜 무덤을 파보게 하였다. 과연 관 속의 시신은 따뜻했다. 살아 있었던 것이다. 시중은 살아난 딸에게 무슨 일이 있었느냐고 물었다. 딸은 자신이 꿈속에서 겪었던 일을 말했는데, 과연 하생의 말과 일치했다. 그런데 막상 딸이 살아오자 시중의 마음이 변했다. 부모도 없고 가문도 변변치 않은 시골 촌놈에게 자신의 딸을 시집보낸다는 것이 억울했던 것이다. 그러나 딸이 그 사실을 알게 되어, 하생과의 결혼을 성사시킨다.

이 작품을 읽고 김시습의 『금오신화』에 수록된 「만복사저포기(萬福寺樗蒲 記)」를 떠올리는 것은 당연한 일인 듯싶다. 무덤 속 여인과 사랑을 나눈다는 점, 무덤에 부장품으로 묻었던 물건으로 신표를 삼는다는 점 등이 비슷하기 때문이 다. 그러나 이들이 결정적으로 다른 점이 있다. 「만복사저포기」와는 달리 「하생 기우전」에서는 무덤 속 여인이 살아나오고, 이들의 사랑은 행복한 결말로 맺어 진다는 점이다. 정말 근본적인 차이다.

똑똑하지만 별 볼 일 없는 가문의 촌놈이 온 나라에 명성이 유명짜한 재상의 딸과 결혼한다는 이야기 설정은 독자들의 호기심을 충분히 자극한다. 신광한은 신이하고 낭만적인 사랑 이야기 속에, 사랑이 주는 따뜻함, 세상에 대한 우회적 인 비판 등을 자연스럽게 담았다. 물론 옥황상제가 죽은 여자를 살려준다는 것 에 부자연스러움이 없는 것은 아니지만, 그는 이전의 전기 소설적 전통을 잘 이 어서 아름다운 사랑 이야기를 만들어냈다. 그리고 그 이면에 이승에서의 행실이 저승까지 이어진다는 권선징악 분위기를 슬며시 끼워 놓았다.

## 현재 전하는 작품 중에서 가장 오래된 판각본 소설집

우리의 상식을 동원해도 조선 전기 소설사를 말하라면 누구나 김시습의 『금 오신화』를 효시작으로 해서 허균(許筠)의 『홍길동전』으로 훌쩍 건너뛰기 마련이 다. 그 사이에 들어가는 작품으로는 기껏해야 『왕랑반혼전(王郎返魂傳)』이나 『원 생몽유록(元生夢遊錄)』, 『화사(花史)』 등을 들면 끝이다. 그러나 김시습과 허균 사이에는 거의 150여 년 이상의 거리가 있어서 우리나라 문학사 특히 소설사의 초기 단계는 엉성하기 그지없었다. 그런데 근래 채수(蔡壽)가 지은 『설공찬전』을 비롯하여 신광한의 『기재기이』가 발견됨으로써 그 공백의 상당 부분을 메울 수 있게 되었다.

　뿐만 아니라 각각의 작품들이 전혀 다른 유형의 소설 형식을 가지고 있어서, 이후 우리나라 소설사의 흐름을 모두 함축하고 있다. 「안빙몽유록」의 경우 몽유록계 소설의 초기 작품으로 평가되며(계보로 보아도 신라 설총의 「화왕계(花王戒)」 → 「안빙몽유록」 → 임제의 『화사』로 이어지는 꽃을 의인화한 작품의 전통을 잇는다.), 「최생우진기」는 도선적(道仙的) 성향의 소설을 예고하는 첫 작품이라 해도 과언이 아니다. 「하생기우록」의 낭만적 사랑 이야기는 조선 후기 국문 소설에 더러 등장하는 무덤 속 여인의 부활 모티프를 보여주는 첫 작품이기도 하다. 이처럼 작자가 명확하고 창작 연대가 거의 밝혀진, 다양한 형식의 소설집이 바로 『기재기이』인 것이다.

　더욱이 이 작품은 현재 우리나라에 전하는 소설 작품 중에서 가장 오래전에 판각된 것이다. 고려대학교 만송문고본 『기재기이』의 뒷부분에는 이 작품을 판각하게 된 연유를 적은 발문(跋文)이 붙어 있다. 그 글에 의하면 『기재기이』의 판각 연대는 1553년이다. 신광한이 죽기 2년 전에 이미 간행되어 세상에 유포된 것이다. 『금오신화』의 경우 언제 판각되었는지 전혀 알려진 바 없거니와 오히려 이 작품을 짓고 나서 김시습은 후세를 위해 숨겨 두었다는 기록을 상기할 때 창작 즉시 간행되었던 것 같지는 않다. 『금오신화』는 임진왜란 시기에 아마 일본으로 전해져서 간행된 것으로 보이는데, 현재 일본에 전하는 가장 오래된 판본이 1653년 판본이라고 한다. 그것을 보면 현재 전하는 판각 연대로 볼 때 한 세기의 차이를 가진다. 그만큼 『기재기이』는 소설사뿐만 아니라 출판의 역사에서도 매우 중요한 위치를 차지한다.

　삶의 고비마다 자신의 감회를 허구적인 이야기 속에 가탁하여 울적한 심회도 풀고 자기 생각도 우회적으로 표현했던 신광한의 글솜씨는 한시뿐만 아니라 『기재기이』와 같은 소설 속에서도 빛을 발한다. 그 작품을 읽으면서, 우리는 우리 삶의 어떤 곡절과 주름을 발견할 것인가.

# 3권. 강릉매화타령

江陵梅花打令

# 매화에게 빠진 골생원, 벌거벗고 경포대에서 노닐다
— 조선 후기 판소리계 소설 『강릉매화타령』

 속고 속이는 이야기는 늘 사람들을 즐겁게 만든다. 속는 사람의 마음이야 어떨지 몰라도, 속이는 사람과 그들을 둘러싸고 벌어지는 일들을 보고 듣는 사람들은 온몸이 짜릿하고 웃음이 절로 새어 나온다. 속는 당사자의 말과 행동을 보면서 우리는 그의 어리석음과 눈치 없음을 비웃는다. 하지만 어찌 보면 누구나 이야기 속의 당사자로 살아갈 가능성이 농후하고 실제 그렇게 살아가고 있을지도 모른다는 생각까지 하게 된다. 그러면서 섬뜩한 마음이 들어 자신의 삶과 주변을 돌아보게 된다. 물론 대부분의 사람은 이런 이야기를 한바탕 놀이판으로 생각하면서 단순하고 떠들썩한 해프닝 정도로 인식한다. 그게 잘못된 것은 아니다. 삶의 모든 장면에 의미를 부여하면서 살아간다면 너무 무거운 생이 아니겠는가.
 『강릉매화타령』은 주인공 골생원의 말과 행동, 나아가 그를 속이는 강릉부사와 매화의 이야기로 우리에게 한바탕 놀이판을 펼쳐준다. 그 판에서 놀다보면 어느새 그들이 만들어내는 '속고 속이는' 이야기 속에서 우리도 주인공을 속이는 마음으로 동참하고 있음을 느낀다. 돌이켜보면 나는 늘 골생원의 입장보다는 매화의 입장에서 이 작품을 읽었다.

## 사라진 판소리 『강릉매화타령』을 찾아서

『강릉매화타령』은 조선 후기에 판소리로 가창되었다. 지금은 다섯 편의 판소리만 노래로 연행된다. 그것을 '전승오가(傳承五歌)'라고 한다. 춘향가, 흥보가, 심청가, 수궁가, 적벽가가 그것이다. 일제 강점기 초까지만 해도 변강쇠타령이 불렸다고 하니, 이것을 합쳐서 흔히 판소리 여섯 마당이라고 하는데, 이는 신재효(申在孝, 1812~1884)가 당시 전하던 판소리 작품들을 정리해놓은 결과이다. 이전에는 열두 마당으로 되어 있었다고 하니, 조선 말기쯤에 아마도 일곱 마당은 전승이 끊어진 것으로 보인다. 정확히 언제부터 부르지 않게 되었는지는 모르지만, 이들 판소리를 '실전(失傳) 판소리'라고 부른다. 배비장타령, 옹고집타령, 장끼타령, 무숙이타령, 숙영낭자타령(이 작품 대신 가짜신선타령을 꼽기도 한다.) 등과 함께 『강릉매화타령』이 실전 판소리의 일곱 마당이다.

전승이 끊겼던 탓에 우리는 『강릉매화타령』의 내용을 여러 자료의 단편적인 기록을 토대로 추정하고 있었다. 상당히 이른 시기의 작품은 송만재(宋晚載, 1783~1851)의 「관우희(觀優戲)」라는 제목의 연작시 안에 들어 있는 한시 작품일 것이다. 이 책은 그동안 연세대학교에 소장되어 있던 필사본이 유일본이었다. 2012년에 구사회 교수가 새로운 필사본을 발굴하여 학계에 보고함으로써 두 종의 필사본을 볼 수 있게 되었다. 이 책에 『강릉매화타령』을 소재로 하여 지은 한시가 한 편 수록되어 있다.

一別梅花尙淚痕  매화를 한 번 이별한 뒤 아직도 눈물 자국 남았는데

歸來蘇小只孤墳　돌아와 보니 소소는 다만 외로운 무덤 되었구나.
癡情轉墮迷人圈　어리석은 애정은 사람들에게 미혹되어 더욱 빠져들어서
錯認黃昏反倩魂　황혼에 아름다운 혼이 돌아왔다고 착각하였다.

　이 시에 등장하는 소소(蘇小)는 소소소(蘇小小)라고도 하는데, 중국 전당(錢塘) 지역의 이름난 기생이었다. 용모가 아리땁고 시사(詩詞)를 잘 지어서 이름을 떨쳤다. 『강릉매화타령』의 매화를 소소에 비유하면서 그녀가 재색을 겸비한 풍류 넘치는 기생이라는 점을 나타낸다. 한시의 내용으로 보면 매화와 헤어져서 눈물로 지내다가 돌아와 보니 그녀는 이미 죽었더라는 것, 사람들에게 속아서 죽은 매화의 혼이 돌아온 것으로 착각했다는 것이 주된 내용이다. 신재효가 지은 단가 「오섬가(烏蟾歌)」에도 『강릉매화타령』을 언급하고 있는데, 거기에서는 강릉 책방 골생원을 매화(梅花)가 속이려고 백주에 산 사람을 죽었다고 속여서 그를 홀딱 벗겨 앞세우고 상여 뒤를 따라가며 벌이는 굿이라고 하였다. 그러니 대충 어떤 내용이었는지 짐작할 수 있다.

　그 외에도 이학규(李學逵, 1770~1835)의 『낙하생고(洛下生稿)』, 판소리계 소설 『배비장전』과 비슷한 것으로 생각했던 조재삼(趙在三)의 『송남잡지(松南雜識)』, 정현석(鄭顯奭, 1817~1899)의 『교방가요(教坊歌謠)』(1872), 정노식(鄭魯湜, 1891~1965)의 『조선창극사(朝鮮唱劇史)』(1940) 등에 소개되어 있다.

## 다시 나타난 『강릉매화타령』, 그 내용이 궁금하다

　『강릉매화타령』이 우리 앞에 다시 모습을 드러낸 것은 1992년경이었다. 전라북도 전주에 '매화가(梅花歌)'라는 제목의 필사본이 있었는데, 소장자는 이 작품의 진위라든지 내용을 확인하기 위해 여러 사람에게 문의했다고 한다. 그런데

이 작품이 그동안 전승되지 않던 『강릉매화타령』의 필사본이라는 사실을 확인한 것은 김헌선 교수에 의해서였다. 이로써 근 1세기 만에 이 책이 다시 우리 앞에 나타난 것이었다. 그러다가 2001년경 김석배 교수에 의해 또 한 편의 『강릉매화타령』 필사본이 학계에 보고되었다. 표지에는 '골심원전'이라는 제목으로 되어 있었고, 발견지는 경상도 대구였다. 매화가 골생원을 발가벗겨서 경포로 데리고 나가는 대목부터 결락이 되어 있어서 아쉬운 이본이지만, 그래도 또 다른 이본을 통해서 이 작품이 당시에 널리 연행되고 사랑을 받았다는 점을 확인할 수 있었다.

옛날에는 판소리로 들었지만, 지금은 독서용 서책으로 확인할 수밖에 없는 이 책을 읽다 보면 좀 민망한 대목이 많다. 남녀 간의 노골적인 정사가 들어 있는가 하면 심하게 골탕 먹는 양반의 일화도 들어 있다. 어쩌면 점잖음을 강조하는 조선의 분위기 속에서 이 작품은 특이한 것이었으리라.

김등이 강릉부사로 도임할 때 책방으로 따라 내려온 골생원이라는 사람이 있었다. 그의 성은 골(骨)이고 이름은 불견(不見)이라고 했다. 작품에서는 '골생원'으로 지칭되는 이 인물은 그 생김새부터 남다르다. 키는 세 뼘이고 얼굴은 사면이 두 뼘 반만 했다. 양반이라 늘 갓을 쓰고 다니는데, 갓끈이 두 치 닷 푼으로 늘 땅에 끌렸다. 게다가 곱사등이, 곰배팔이, 최짝볼기, 안짱다리의 모습에 토산불알을 가진 사람이었다. '토산불알'이라는 것은 원래 한쪽이 특별히 커진 불알을 의미하는데, 여기서는 골생원의 성기가 매우 컸다는 점을 지칭한다. 요즘으로 보면 외모에 대해 심한 비하를 했다고 비난받아도 전혀 이상할 것이 없을 정도의 모습으로 묘사되어 있으니, 골생원은 당시에도 늘 사람들의 웃음거리가 되기에 십상이었을 것이고 여성에게 기피의 대상이었을 것이다.

그러나 강릉부사는 골생원의 문필이 뛰어난 것을 아껴서 그를 책방으로 데리고 온 뒤 재미 삼아서 강릉의 최고 미인이자 명기인 매화를 골생원에게 준다. 여인과 이렇게 가까이 지내보기는 생전 처음인 골생원은 이때부터 매화에게 빠져서 어쩔 줄 모르게 되었다.

골생원이 매화와 즐거운 시간을 보내던 중에 본댁으로부터 얼른 한양으로 올라와 과거 시험에 응시하라는 편지를 받는다. 거부할 수 없는 편지에 결국 골생원은 매화에게 다시 만날 것을 약속하고 올라간다. 헤어지는 과정에서 하인 달랑쇠에게 비웃음을 당한다. 그는 시험을 보러 갔지만 답안지에 매화를 그리워하는 내용의 시를 써낸 탓에 시험장에서 쫓겨난다. 골생원의 관심은 과거 시험에 있는 것이 아니라 오직 강릉에 있는 매화에게 있었던 것이다.

시험이 끝나자 그는 매화에게 줄 정표를 사기 위해 시장에 간다. 그는 잡화점에서 여러 가지 물건을 둘러보는데, 거간꾼과 여리꾼들이 이것저것 물건을 권했지만 모두 싫다고 한다. 그러자 물건을 사지 않으려면 왜 여기저기 기웃거리느냐며 빰을 맞고 쫓겨난다. 결국 자기가 가지고 있던 일곱 푼으로 조각보 한 장, 바늘 한 쌈, 노리개 한 동을 마련해서 남산골 본댁으로 돌아온다. 시험을 잘 치렀느냐는 부친의 말에 내일 아침에 급제 소식이 올 것이라고 거짓말을 한다. 그러나 합격 소식이 없자 부친은 화를 내면서 집에서 쫓아내고, 이 말에 골생원은 좋아라하며 강릉으로 내려온다.

과거 낙방 소식을 들은 강릉부사는 골생원을 걱정하는 마음에 그를 골탕 먹일 계획을 세운다. 매화가 죽었다고 하면서 골생원을 속이자는 것이었다. 큰길가에 매화의 무덤을 세우고 강릉의 모든 사람에게 매화가 상사병에 걸려 죽었노라고 말을 하도록 신신당부했다.

골생원은 강릉에 내려와서 매화의 죽음을 듣고 망연자실한다. 그는 매화의 무덤 앞에서 제문을 짓고 축문을 읽으며 통곡을 한다. 옆에서 방자가 부모상이라도 당한 것처럼 운다고 놀리기까지 한다. 그러나 골생원은 굴하지 않고 환쟁이를 불러다 매화의 모습을 초상화로 그리게 한 다음, 그 그림을 껴안고 지냈다. 얼마나 입술을 문질렀던지 그림의 입술이 닳아서 없어졌고, 다시 환쟁이를 불러서 보수할 정도였다.

그날 황혼 무렵, 매화가 부사의 지시대로 귀신이 된 체하고 골생원을 만나서 사랑을 나눴다. 두 사람은 사흘 동안 그렇게 육체적 관계에 빠져서 시간 가는 줄 모르고 지낸다. 사흘째 되는 날 매화는 자신의 혼이 이제 저승으로 가야 한다면서, 혼백과 교접을 한 골생원도 함께 가야 한다고 속인다. 그리고 옷은 인간의 표식이니 모두 벗어야 한다고 말한다. 이미 그런 모습을 보아도 못 본 척하라는 강릉부사의 엄명이 있었던 터라 사람들은 나체로 다니는 골생원을 보고도 본 척을 하지 않았다. 매화는 홀랑 벗은 골생원의 손을 잡고 강릉 시내를 지나 강릉부사가 사람들을 불러 잔치를 하고 있는 경포대로 간다.

사람들이 자신을 못 본다고 생각한 골생원은 상 위의 음식을 마구 먹고 음악에 맞추어 춤을 춘다. 그러던 중 강릉부사 옆으로 춤을 추며 가게 되었는데, 그때 부사가 자신이 피우던 담뱃대의 불로 덜렁거리는 골생원의 음경을 지지자, 깜짝 놀란 골생원은 그제야 자신이 죽지 않았으며 사람들에게 속았다는 사실을 깨닫는다는 것이다.

## 양반의 실추된 권위, 그 풍자적 표현

『강릉매화타령』을 읽는 사람들은 이야기의 근원이 강릉의 설화인 '홍장(紅粧)' 설화와 비슷하다는 것을 금세 눈치 챌 것이다. 이 일화는 조선 전기 문인인 서거정(徐居正, 1420~1488)의 『동인시화(東人詩話)』에 이미 수록되어 있는 것을 감안하면 상당히 일찍부터 강릉 지역에 전승되던 이야기였을 것이다. 강릉부사인 조운흘(趙云仡, 1332~1404)이 강원도안렴사를 지낸 박신(朴信, 1362~1444)이 사랑했던 강릉 기생 홍장과 함께 그를 속여서 골탕 먹이는 내용으로 되어 있다. 강릉에서 경포대를 배경으로 만들어진 '속고 속이는' 이야기라는 점에서 『강릉매화타령』과 비슷한 서사 구조로 되어 있다. 물론 이런 방식의 속이는 이야기는 조선 말기에 편찬된 것으로 추정되는 야담집 『기문(記聞)』에 수록된 '혹기위기(惑妓爲鬼)' 등과도 비슷하며, 앞서 언급한 것처럼 『배비장전』과도 비슷한 서사 구조로 되어 있다. 지금도 여전히 방송에서 유행하는 '몰래카메라' 같은 것도 '속고 속이는' 과정에서 만들어지는 재미와 웃음도 기본적으로 같은 종류의 것이다.

작품을 읽는 사람들은 우선 작중 인물의 이름부터 범상치 않다는 점을 눈치 챈다. 주인공 골생원의 이름은 '불견'이므로, 붙여서 읽으면 '골불견'이다. '꼴불견'인 것이다. 그의 하인은 늘 나귀 고삐를 잡고 다니는 견마잡이라서 달랑쇠다. 나귀 방울을 연상시키기도 하고 그의 행동이 늘 재빠르고 바삐 돌아다녀야 하므로 그런 이름이 붙었으리라 추정된다. '매화' 역시 마찬가지다. 절의의 상징인 매화는 기생들의 이름으로 널리 사용됨으로써 색정적인 이미지로 인식되기도 한다. 이런 점을 생각하면 골생원과 매화 사이의 애정 행각을 읽으면 참 난잡하다는 생각을 하지 않을 수 없다.

그렇다면 도대체 이런 작품을 만들고 연행하고 즐기는 사람들은 어떤 의도로 작품을 마주했을까? 『강릉매화타령』의 말미에는 이런 구절이 있다. "어화 세상 사람들아, 골생원으로 볼지라도 주색탐(酒色貪)을 부디 마소." 두 주인공의 행태를 보면서 사람들에게 술과 색정에 빠져서 삶을 낭비하는 사람이 되지 말라고 충고를 하려 했다는 점이다. 물론 그런 점이 없지는 않았을 것이다. 그러나 작중 서술자가 말하는 주제 의식을 곧이곧대로 믿기에는 그 발언의 정도가 너무 약하다. 삶에 대한 경계는 전체 분량 중에서 딱 한 문장만 들어가 있다. 오히려 사람들은 주색에 대한 경계보다는 두 사람의 농염한 색정을 드러내는 다양한 행태, 그 과정에서 일어나는 골생원의 꼴불견 같은 모습, 그가 골탕을 먹는 여러 일화를 보고 들으면서 쾌감을 느꼈을 것이다. 사회의 주류인 양반이 여색에 빠져서 살다가 주변 인물들에게 속아서 망신을 당하는 이야기가 이 작품을 감상하는 많은 사람을 즐겁게 만들었을 것이다. 그것은 양반의 위선적인 행태를 신랄하게 비판하는 것이면서 동시에 그들이 만들어내는 골계와 해학이 당시의 많은 사람에게 삶의 활력소로 기능했으리라.

게다가 조선 말기 신분 계층의 붕괴 양상을 여실히 보여주고 있는 작품이기도 하다. 저잣거리의 거간꾼과 여리꾼이 양반인 골생원의 뺨을 치거나, 하인 달랑쇠가 주인인 골생원을 거침없이 비웃거나, 방자가 매화의 무덤 앞에서 통곡하는 골생원을 웃음거리로 만드는 행위를 통해서 양반이 얼마나 무기력하게 무너지고 있는지를 보여준다.

## 전승의 끊어짐과 이어짐에 대하여

여러 가지 단편적인 기록을 통해 볼 때 『강릉매화타령』은 19세기 후반까지 연행되었던 것으로 보인다. 그렇다면 이 작품은 어째서 전승이 끊겼을까? 그 자세한 연유를 알 수는 없지만, 몇 가지 추측을 할 수 있다.

우선 작품의 내용이 지나치게 선정적이라는 점이다. 판소리가 민중들의 애환을 담아내면서 그들에게 큰 인기를 끌다가 19세기 전반 특히 신재효 시대에 오면서 양반들의 참여와 호응이 커졌다는 점은 널리 알려진 사실이다. 그러다보니 사설이나 서사 구조, 각 대목의 일화 등에서 양반들의 미의식과 윤리에 어느 정도는 맞추려는 노력이 자연스럽게 나타났다. 시간이 흐르면서 광대들 자신도 예술가로서의 자의식을 약간은 인식하게 되었다. 이러한 과정에서 광대는 지나치게 선정적이고 공연하기에 민망한 소리를 기피하는 경향을 보인다. 그런 맥락에서 보자면 『강릉매화타령』의 사설은 정말 연행(演行)하고 감상하기에 민망한 대목이 많다. 아마도 이러한 측면이 이 작품의 전승이 끊기는데 어느 정도 영향을 끼쳤으리라 생각된다.

또 하나는 양반의 훼절(毀節) 문제를 다루었다는 점이다. 절의를 중시하는 양반의 사회적 위치를 감안할 때, 기생의 유혹에 넘어가서 천박하고 난잡한 짓을 마구 저질렀다는 것은 무엇으로도 변명의 여지가 없다. 외부의 압력이나 유혹에 부딪혀서 꺾이는 것을 '훼절'이라고 한다. 우리나라 서사 문학에서 훼절을 모티프로 하는 것들은 대부분 작은 일화에서 시작되어 점점 소설 분야로 확대되어 왔다. 그 내용도 유명한 기생을 훼절하는 것도 있고 기생에 의해 양반 남성이 훼절되는 것도 있어서, 훼절의 주체가 일률적인 것도 아니다. 그러나 조선 후기로 오면 점차 양반 남성의 훼절을 다루는 것이 주종을 이룬다. 『배비장전』이나 『오유란전』, 『종옥전』 등의 고전 소설이 훼절을 다룬 작품인데, 『강릉매화타령』도 그런 맥락 위에 있다. 훼절을 다룬 작품들이 애초에 색욕을 경계하려는 의도로 전승된 것은 분명해 보이지만, 조선 말기로 올수록 원래의 의도는 탈색되고 이야기가 전개되는 과정에서 부득이 나타날 수밖에 없는 남녀 간의 육체적 관계를 다루는 부분이 관심을 받는다. 훼절을 모티프로 하는 소설 작품들이 퇴폐적으로 흐르게 되는 이유기도 하다. 문제는 이러한 내용이 오히려 그 작품의 연행이나 전승에 부정적인 영향을 끼치게 되었다는 점이다.

한때는 새롭고 변혁적이었던 것이 시대의 흐름과 함께 시대에 역행하는 역할로 변하는 경우를 역사에서 흔히 발견한다. 애정의 문제 역시 그렇다. 18세기만 해도 애정의 문제는 성리학이 구축했던 강고한 이념의 틀과 감정의 보편성에 균열을 일으키면서 인간에 대한 새로운 이해와 전망을 내놓는 역할을 했다. 그러나 그것이 새로운 전망을 제시하지도 못하고 우리 삶을 새로운 방식으로 성찰하게 만들지도 못하게 되었을 때 그것은 애정의 말초적 즐거움만을 추구하는 퇴폐적 담론으로 변질되는 것이 당연한 수순이었다. 『강릉매화타령』이 그러한 문학사적 흐름 위에 있기도 한 것이 아니었을까 싶다.

　잊혔던 작품을 다시 발견하는 즐거움은 대단히 크다. 오랫동안 제목으로만 전해지다가 홀연 우리 앞에 모습을 나타냈을 때, 거기서 우리가 느끼는 쾌감은 말할 수 없이 크다. 발견의 기쁨을 충분히 누렸다면, 이제 우리가 고민해야 할 문제는 이 작품의 의미를 어떻게 파악하고 그것을 어떻게 받아들여야 할 것인가 하는 것이리라. 새롭게 판소리로 구성할 수도 있을 것이고 뮤지컬로 다시 제작할 수도 있을 것이며, 이 내용을 바탕으로 우리 시대에 맞는 소설 작품으로 재탄생시킬 수도 있다. 큰 반향을 일으키기에는 조금 미흡하기는 하지만 실제로 이러한 작업이 부분적으로 진행되었던 적도 있다. 한 세기 이상의 세월이 흘렀지만, 여전히 성性의 문제가 우리 삶의 큰 부분을 차지하고 있는 지금, 이 작품이 우리에게 어떤 모습으로 재해석되어야 할지 논의가 필요하다. 우리 시대의 『강릉매화타령』을 설레는 마음으로 기다린다.

### ■ 참고문헌

김기형, 『적벽가·강릉매화타령·배비장전·무숙이타령·옹고집전』, 고려대학교민족문화연구원, 2005.
김석배, 「골생원전 연구」, 『고소설연구』 제14집, 한국고소설학회, 2002.
김헌선, 「강릉매화타령 발견의 의의」, 『국어국문학』 제109집, 국어국문학회, 1993.
박일용, 「조선후기 훼절소설의 변이양상과 그 사회적 의미(상)」, 『한국학보』 제14권 제2호, 1988.
박일용, 「조선후기 훼절소설의 변이양상과 그 사회적 의미(하)」, 『한국학보』 제14권 제3호, 1988.
이문성, 『강릉매화타령』, 지성인, 2012.

# 4권. 양반전

兩班傳

# 정선 고을에서 우리 사회의 문제를 읽는다
─박지원의 「양반전」

연암(燕巖) 박지원(朴趾源, 1737~1805)의 글을 읽을 때면 언제나 약간의 설렘을 동반한다. 우리는 그의 글을 대부분 중·고등학교 교과서에서 접하기 때문에 누구나 그의 이름을 들으면 『열하일기』를 비롯해서 「호질(虎叱)」이라든지 「허생전(許生傳)」 같은 글을 떠올리곤 한다. 중·고등학교에서 교과서를 통해 읽기를 강요받은 기억이 있는 사람들은 나이가 들어도 교과서에 수록된 작품이나 작가의 글을 읽는 것에 어려움을 느낀다. 사람 나름이기는 하다. 어떤 사람은 그것이 계기가 되어 나중에 읽어보기도 하기 때문이다. 그렇지만 많은 경우 우리는 교과서가 주는 어떤 강박 때문에 무의식적으로 하나의 텍스트로 인정하는 것을 꺼린다.

상당수의 고전 작품이 비슷한 처지에 있기는 하지만, 박지원의 글 역시 제목이나 요약본으로만 우리에게 알려졌을 뿐 실제 작품을 꼼꼼하게 읽은 사람은 찾아보기 힘든 것이 현실이다. 어차피 한문 원전을 읽는 것은 불가능한 처지에, 좋은 번역본을 구해서 읽는 것이 최선의 방책이다. 그렇지만 번역학에서 늘 말하는 것처럼, 원전과 번역 사이에 건널 수 없는 부분이 있다. 그런데 박지원의 작품 중에는 그 거리가 상당히 먼 작품이 꽤 있다. 예컨대 그의 명작으로 꼽히는 「호질」의 경우가 그렇다. 한자를 이용한 말장난 같은 표현들이 상당히 흥미롭게 들어 있는데, 그것을 번역하는 순간 그 즐거움과 풍자의 날카로움은 반감될 수밖에 없다. 여기에 비할 때 「양반전」은 다행스럽게도 그 거리가 멀지 않다. 게다가 분량도 아주 짧다. 학창 시절의 기억을 떠올리며 다시 읽어볼 만한 작품이다.

## 양반이라는 신분을 거래한 이야기

강원도 정선에 글 읽기를 좋아한 훌륭한 양반이 살고 있었다. 정선군수로 부임하는 사람들은 모두 그에게 가서 인사를 할 정도로 이름이 높았다. 그러던 어느 날, 강원도관찰사가 고을을 돌아다니다가 정선에 와서 환곡 관련 서류를 살피게 되었는데 매우 많은 양의 곡식을 빌려서 먹고는 갚지 않은 사람이 있는 게 아닌가. 관찰사는 도대체 어떤 양반이 이렇게 군량미를 축내느냐면서 당장 잡아들이라고 했다. 양반이 해마다 관아의 군량미를 빌렸는데 갚을 길이 없어서 많은 양의 빚이 쌓인 것이었다. 군수로서는 학덕이 뛰어난 양반을 잡아들이는 것이 마음에 내키지 않았지만, 관찰사의 명령이라 어쩔 줄을 모르고 근심했다. 양반은 당장 잡혀가게 되었지만 갚을 길이 막막해서 그 아내와 눈물만 흘리고 있었다.

같은 마을에 부자가 한 사람 살고 있었다. 그는 양반이 아니라서 평소에 자신이 부당한 대접을 받고 있다고 생각하던 참이었다. 양반은 아무리 가난해도 귀한 대접을 받고 자신과 같은 평민은 아무리 잘 살아도 천한 대접을 받는 것은 부당하다고 생각했다. 게다가 양반이 앞에 있으면 자신들은 무릎걸음으로 설설 기면서 온갖 곤욕(困辱)을 보는 것이 현실이었다. 그런데 마침 양반이 환곡을 갚지 못해서 문제가 심각해졌다는 소식을 듣고, 얼른 그 양반을 찾아가서 자신이 환곡을 갚아주는 대신 양반을 자기에게 팔도록 제안했다. 양반 역시 어쩔 도리가 없으니 '양반'을 팔아서 환곡을 갚을 수밖에 없었다.

군수는 양반이 환곡미를 갚았다는 보고를 받고 깜짝 놀랐다. 그 가난한 양반이 어디서 많은 분량의 곡식을 구했단 말인가. 사정을 알아보려고 양반의 집을 찾은 군수는 깜짝 놀란다. 학덕 높은 양반이 하인들이나 쓰는 벙거지 차림으로 길에 엎드려 자신을 '소인'이라 지칭하면서 천민들이 하는 행동을 하는 것이었다. 왜 이런 짓을 하냐고 묻자 양반은 환곡미를 갚기 위해 신분을 팔았다고 대답한다. 이에 정선군수는 즉시 자신의 입장을 바꾸면서 부자를 칭송한다. 그러면서 이러한 일이 사적으로 이루어져서 훗날 소송의 빌미가 될 터이니 고을 백성들을 관아로 불러 모아 문서로 작성하겠노라 선언한다.

이런 과정을 거쳐서 드디어 양반과 부자는 군수를 사이에 두고 매매문서를 작성하기에 이른다. 처음에는 양반이 어떤 존재인지, 그들은 일상 속에서 어떤 일을 행해야 하는지를 문서 안에 써넣는다. 그러나 부자 입장에서는 자기에게 하등 도움이 되는 말이 들어가지 않자 불만을 터뜨린다. 군수는 부자를 위하여 새롭게 문서를 작성하지만, 문서에 들어가는 내용을 본 부자는 혀를 내두르며 자기에게 도적놈이 되라는 말이냐면서 양반 매매 문서 작성을 포기한다. 그리고 평생 '양반'이라는 말을 입에 내지 않았다고 한다.

## 도덕적 수양의 거짓됨에 대한 비판

「양반전」은 박지원의 문집인 『연암집』의 「방경각외전(放璚閣外傳)」에 수록되어 있다. 이 안에는 「마장전(馬駔傳)」, 「예덕선생전(穢德先生傳)」, 「광문자전(廣文者傳)」 등 우리에게 알려진 박지원의 한문 소설 작품이 모두 수록되어 있다. 그는 이들 작품을 모아서 「방경각외전」을 편찬하면서 서문을 썼는데, 각 작품에 대한 내용이 4언시의 형식으로 되어 있다. 「양반전」에 대한 글은 다음과 같다. "선비는 천작(天爵)이요, 선비의 마음이 곧 뜻이라네. 그 뜻은 어떠한가, 권세와 잇속을 멀리하여, 영달해도 선비 본색 안 떠나고, 곤궁해도 선비 본색 잃지 않네. 이름 절개 닦지 않고, 가문 지체 기화 삼아, 조상의 덕만을 판다면, 장사치와 뭐가 다르랴.[1]"

이 글을 고려하면 박지원의 「양반전」은 정선의 양반을 비판하는 것이 주제다. '천작'이라는 표현은 『맹자』에 나오는 것인데, 하늘이 내려주는 벼슬이라는 뜻이다. 드높은 도덕적 수양 때문에 사람들의 존경을 받는 사람은 나라에서 내리는 벼슬보다 뛰어난 것이기 때문에 '천작'이라고 한다고 했다. 도덕적 수양을 기준으로 천작이라는 말을 쓰는 것이므로 박지원은 양반이 돈에 팔려서 스스로 천작을 버린 인간으로 전락한 것을 비판하는 셈이 된다.

박지원의 서문에 이미 「양반전」의 주제는 모두 제시되었을 뿐 아니라 당시 양반들의 천박한 모습이 자세히 묘사되어 있다. 진정한 선비는 세속적 이익과 권력을 멀리해야 하는데 이를 추구하기 위해 가문과 지체, 조상을 내세워서 돈과 벼슬을 찾아다닌다면, 이것이야말로 선비로서의 고상한 도덕을 내팽개치는 짓이다. 그러니 돈을 받고 신분을 파는 것이고, 결국 유가가 경멸해 마지않는 장사꾼과 다를 바가 없다. 박지원의 비판은 바로 이 점에 집중되어 있다.

그런데 이렇게 「양반전」의 주제를 확정하는 순간 찜찜함이 마음속에 슬며시 피어오른다. 과연 그의 글이 하나의 주제만을 드러내려 한 것일까? 「양반전」을 읽는 사람들은 양반과 부자 사이에서 벌어진 이야기에 관심을 가진다. 현실을 전혀 타개할 능력이 없이 그저 책만 읽는 양반, 현실적 능력은 뛰어나지만 사회적으로 어떤 대우도 받지 못하는 부자 사이에 결코 건널 수 없는 계층적 간극을 확

---

1 박지원, 신호열·이명호 역주, 「방경각외전 자서(自序)」, 『국역 연암집2』(민족문화추진회, 2004), 207~208쪽. 이 글에서 활용한 「양반전」 번역문은 이 책에 의거한 것이다. "士迺天爵, 士心爲志. 其志如何? 弗謀勢利. 達不離士, 窮不失士. 不飭名節, 徒貨門地. 酤鬻世德, 商賈何異?"(『燕巖集』卷8)

인할 뿐이다. 건널 수 없는 간극을 넘어보려고 한 부자의 노력과 그것을 포기하는 과정에서 드러나는 현실 비판을 통해서 독자는 박지원의 글이 무엇을 목표로하는지를 느낀다. 그래서 교과서에서는 이 글이 '몰락하는 양반의 위선과 무능력을 주제로 하여 상민에 대한 양반의 착취와 상민의 양반에 대한 선망을 나타낸작품'이라는 식으로 해석된다. 그렇지만 「양반전」을 꼼꼼하게 읽어보기만 해도주제가 그렇게 간단하지 않다는 것을 금세 눈치 챌 수 있다.

## 돈과 권력에 대한 비판

양반이란 것이 사회 속에서 형성된 하나의 개념이기 때문에 눈에 보이는 물건처럼 사고팔기 어렵다는 것은 누구나 아는 사실이다. 그런데 부자는 '양반'이라는 신분을 사기 위해 막대한 환곡미를 지불한다. 재물은 풍족하지만, 그것만으로는 채워질 수 없는 서러움이 있었기 때문이다. 그는 양반을 구입하기로 하면서가족들에게 이런 말을 한다. "양반을 보면 움츠러들어 숨도 제대로 못 쉬고 뜰아래 엎드려 절해야 하며, 코를 땅에 박고 무릎으로 기어가야 하니 우리는 이와 같이 욕을 보는 신세다." 아무리 잘 살면 뭐 하겠는가. 한 인간으로서 제대로 대우를 받지 못하고 평생을 살아가야 하니, 이런 처지를 벗어나기만 한다면 그깟 환곡미 바치는 것이 대수란 말인가.

드디어 양반 매매 문서를 작성하는 날, 부자의 마음은 얼마나 부풀었을까. 상상만 해도 그의 흐뭇한 얼굴이 떠오를 정도다. 그런데 매매 문서에 기록된 양반으로서의 행실은 상상과는 전혀 다른 것들이었다. 새벽 5시경이면 일어나서『동래박의(東萊博義)』같은 책을 줄줄 외워야 하며 세수하고 양치질하는 것도 조심스럽게 해야 하고,『고문진보(古文眞寶)』와『당시품휘(唐詩品彙)』같은 책을 한줄에 백 글자씩 깨알 같이 베낄 줄도 알아야 한다. 게다가 경제적인 것과 관련된 것을 직접 하면 절대 안 된다고 하니 이게 말이 되는가.

심지어 이런 구절도 있다. "날이 더워도 발 안 벗고, 맨상투로 밥상을 받지 말고, 밥보다 먼저 국을 먹지 말고, 소리 내어 마시지 말고, 젓가락으로 방아 찧지 말고, 생파를 먹지 말고, 술 마시고 수염 빨지 말고, 담배 필 젠 턱이 비틀어질 정도로 빨지 말고, 분이 나도 아내를 치지 말고, 성이 나도 그릇을 차지 말고, 애들에게 주먹질하지 말고, 뒈지라고 종을 나무라지 말고, 마소를 꾸짖을 때 판 주인까지 싸잡아 욕하지 말고, 병에 무당 부르지 말고, 제사에 중 불러 시주하지 말고, 화로에 불 쬐지 말고, 말할 때 이를 드러내며 침을 튀기지 말고, 소 잡지 말고, 도박하지 말라."

읽다 보면 피식 웃음이 나는 항목이기는 하지만, 평민이라면 그리 크게 신경 쓰지 않고 일상 속에서 무심히 행했던 것이었으리라(박지원의 눈으로 보던 18세기 시골 평민 이하 계층의 삶에서 이런 항목들이 일상적으로 행해졌다는 의미로도 읽을 수 있다.). 요즘 시선으로 보면 가정 폭력에 해당하는 것들도 있기는 해도 당시 평민이 보기에는 저렇게까지 금지 항목에 넣어서 일상을 옥죄는 것은 부당한 일이었던 모양이다. 부당한 억압에 불만을 품고 살아왔던 부자는 그저 사회적 굴레를 벗어나 자유롭게 살아가고 싶었다. 배고프면 먹고 잠이 오면 자고 화가 나면 욕을 하고 추우면 화롯불을 쬐는 그런 삶이 부자가 꿈꾸는 모습이었다. 그런데 그것을 하지 말라는 내용을 명문에 박아 넣으니, 부자로서는 당연히 받아들일 수 없었다.

부자의 강력한 반발에 부닥친 군수는 즉시 내용을 고쳐서 새로운 문서를 작성한다. 그 명문은 양반이 과거에 급제하면 온갖 재물을 얻을 수 있고, 과거 급제를 못하더라도 음관(蔭官)으로 나갈 수 있다는 내용으로 시작한다. 하인을 부리고 어여쁜 여인을 첩실로 들일 수 있으며 풍족한 곡식이 뒤따른다는 내용도 들어 있다. 그리고 이렇게 이어진다. "궁한 선비가 시골 살면 나름대로 횡포를 부려, 이웃집 소로 내 밭을 먼저 갈고, 일꾼을 빼앗아 내 밭의 김을 매도 누가 나를 거역하랴. 네 놈 코에 잿

물을 붓고, 상투 잡아 도리질하고, 귀얄수염 다 뽑아도 감히 원망 없느니라."

이렇게 작성되어 가는 문서를 보던 부자는 혀를 내두르며 말한다. "그만두시오, 그만두시오. 참으로 맹랑한 일이오. 장차 나로 하여금 도적놈이 되란 말입니까?"

결국 부자는 양반의 이름을 빌려 사회적으로 도적놈과 같은 짓을 하는 '양반 되기'를 거부하고 다시 평민의 삶을 선택한다. 그것은 당시 양반층의 폭력과 무뢰한 짓을 강렬하게 비난하는 것이어서 박지원의 생각이 지배 계층에 대한 통렬한 비판과 반성에 닿아 있다는 점을 짐작하게 한다.

부자의 욕심은 일반적인 사회적 관행을 고려하지 못한 어리석은 짓이었다. 물론 매매 행위를 공적으로 인정하고자 했던 군수 역시 어리석고 못난 사람이었지만, 애초에 양반 매매를 생각했던 부자의 아이디어 자체가 문제였다. 아무리 자기 삶에 서러움이 가득하다 해도 시건방지게 어디서 '양반'을 돈으로 사려 한단 말인가. 돈만 있으면 양반이라도 살 수 있다는 생각은 돈조차 직접 손으로 만지지 않는 양반에게는 너무도 치욕적인 것이다. 이런 맥락에서 읽으면 박지원의 비판은 정선의 부자를 향해 있는 것이기도 하다.

여기에 또 한 사람, 바로 정선군수에 대한 비판도 빠뜨릴 수 없다. 정선군수는 임금의 명을 받아서 하나의 고을을 다스리는 통치 행위의 주체다. 당연히 공정하면서도 자애롭게 정선의 백성을 다스림으로써 유교적 이상이 현실 속에서 이루어질 수 있도록 노력해야만 한다. 관찰사가 환곡미를 빌려서 갚지 않는 선비를 가두라고 했을 때 누구 보다 앞장서서 곤궁한 선비의 도덕적 수양을 진언해야 하고 그를 위한 구휼이야말로 이 땅의 선비 정신을 세우는 길이라는 점을 극구 간언해야만 했다. 그러나 그는 자신에게 떨어질 비난과 처벌이 두려워서 관찰사에게 한마디도 하지 못하고 끙끙거린다.

그러다가 부자가 대신해서 환곡미를 갚아주었다는 말을 듣자 그는 즉시 부자를 칭송하면서 그의 행동을 정당화해 주기에 바쁘다. "부자로서 인색하지 않은 것은 의(義)요, 남의 어려운 일을 봐준 것은 인(仁)이요, 비천한 것을 싫어하고 존귀한 것을 바라는 것은 지(智)라 할 것"이라면서, 부자야말로 진정한 양반이라며 추켜올린다. 그러면서 공권력으로 그들의 매매가 정당하면서도 법적으로도 아무 문제가 없이 이루어졌다는 사실을 증명해 주겠노라고 자청해서 나선다. 정상적인 관리라면 결코 할 수 없는 짓을 스스럼없이 자행한다. 게다가 명문의 내용에 대해 문제를 제기하는 부자를 위해 황당하면서도 비상식적인 내용으로 바꾸어주기까지 한다.

　물론 군수가 일부러 파렴치한 내용으로 명문을 작성함으로써 부자의 포기를 끌어냈으니 지혜로운 인물이라고 읽을 수도 있다. 그렇지만 군수의 행동은 눈치를 보는 교활한 벼슬아치의 전형이라 하겠다.

## 비정상적인 사회를 보여주는 날카로운 글

　박지원은 강원도 정선이라고 하는 궁벽한 산골을 당대 사회의 축소판으로 묘사했다. 양반과 부자, 군수는 그들 계층을 그대로 반영한다. 성현의 말씀을 배우고 익히며 그것을 현실 속에 구현하려 노력해야 하는 양반은 어려운 상황에 봉착하자 기다렸다는 듯이 신분을 팔아버리고 천민을 자처한다. 맹자의 「등문공장구(滕文公章句)」에는 대장부의 조건이 나온다. "부귀불능음 빈천불능이 위무불능굴(富貴不能淫 貧賤不能移 威武不能屈, 귀에도 마음을 흔들리게 하지 않고 가난에도 자기의 뜻을 움직이게 하지 않으며 외부의 힘에도 굴하지 않는 것)"을 온몸으로 보여주어야 할 양반이, 한순간에 꺾이는 모습을 보여줌으로써 그는 자기 시대의 지식인이 얼마나 나약한 존재인지를 말하고자 하였다. 공부가 한 인간의 내면을 단단하게 만들어야 하고, 그 힘으로 세상이 아무리 험하고 무도해도 꿋꿋이 버텨나감으로써 인간의 위대함을 증언해야 진정한 지식인이라 할 수 있지 않겠는가. 그런데 하찮은 환곡미 때문에 감옥에 갇힐 위기에 처하자 순식간에 자신이 평생 해 왔던 공부를 집어던지고 천민으로 행세하는 양반이야말로 지식인의 나약함과 가식을 증언하는 일이었다.

부자 역시 비판의 화살을 벗어날 수 없었다. 사회의 부당한 대우가 평생의 한 이 되었다는 점은 충분히 이해할 만하다. 그러나 그 부당함을 그는 오직 돈으로 해결하려 한 것이 문제다. 세상을 돌리는 것 중의 하나가 돈일 수는 있어도, 그것 이 인간 문제를 오로지 해결하는 유일한 방책은 아니다. 자본의 시대가 도래하기 전에 자본의 위력을 천박한 방식으로 보여준 부자는, 한 인간의 정당한 분노에도 불구하고 엉뚱한 방식으로 문제를 해결하려다 실패한 것이다. 이는 박지원 당시 의 세태를 그대로 반영한다. 세상은 사회가 만드는 가난을 이해하지 못했을 뿐 아니라 왜곡된 방식의 자본 논리를 유포하면서 금권만능의 시대를 향한 첫걸음 을 떼고 있었던 것이다.

군수 역시 마찬가지다. 가장 공정한 방식으로 백성이 편안한 일상을 누릴 수 있도록 정치적, 사회적 환경을 만들어야 할 책임자가 군수 아니던가. 그런데 그 가 하는 일이란 권력자의 눈치를 보는 것뿐이었다. 정치적 권력자인 관찰사의 눈 치만 본 게 아니라 자본의 권력자인 부자의 눈치도 보았다. 자기보다 강한 것이 무엇인지 귀신처럼 알아보는 그의 능력은 지금도 사회적으로 유효해 보인다. 약 삭빠른 사람이 돈을 벌고, 돈을 번 사람이 정치적, 사회적 권력을 휘두르고, 그런 구조 속에서 정상적인 공부와 내공을 쌓아가는 사람들이 설 자리를 찾지 못하고 있다.

박지원이 「양반전」에서 보여주는 한 편의 우화를 통해서 18세기 조선의 문제 점을 읽어낼 수 있다. 상식적으로 생각하지도 않고 정상적으로 행동하지도 않는 세 인물은 어쩌면 인간이 탐욕을 앞세워 살아가는 한 어느 시대나 존재하는 우 상일지도 모르겠다. 그들의 우스꽝스럽고 우악스러운 모습을 비판하면서 문득

나를 돌아보니, 나도 어느새 그들 중의 하나처럼 살아가고 있는 게 아닌가. 박지원의 글쓰기가 단순하고 교과서적인 독해에 맥을 놓고 있는 순간 어느새 빈틈으로 내 가슴 깊은 곳을 비수처럼 찌르고 지나간다.

# 5권. 강릉추월

江陵秋月

# 이별과 만남이 만드는 가족 이야기
## ─ 작자·연대 미상의 『강릉추월』

　인간의 삶은 만남과 헤어짐이 교직(交織)하면서 만들어내는 무늬가 아닐까. 우리는 하루에도 무수히 많은 것과 새롭게 만나고 헤어지기를 반복하며 살아간다. 세상에 멈추어 있는 것이 어디 있겠는가. 나를 둘러싼 모든 것이 한시도 쉬지 않고 움직이면서 나를 스쳐 간다. 심지어 나 자신도 끊임없이 움직이며 내가 살아 있다는 사실을 보여준다. 찰나의 만남과 헤어짐이 쌓여서 우리의 생을, 그대의 모습을 만들어낸다. 여러 장의 필름이 순식간에 돌아가면서 화면 위에 허상을 만들어내는 것처럼, 그런 점에서 보면 우리가 만나는 세상도 사실은 허상에 불과하다.

　우리는 매일 가족을 만나고 동료를 만나고 거리에서 이름 모를 사람들을 만나고 또한 그들과 헤어진다. 아침 햇살을 만나고 푸른 나무를 만나고 멀리 보이는 산을 만나고 길옆으로 흐르는 강물을 만나고 또한 그들과 헤어진다. 심지어 스치는 바람조차도 찰나의 만남과 헤어짐을 반복하면서 그 느낌을 내 피부에 남겨서 묘한 울림으로 내 마음에 스민다. 그렇게 보면 우리는 만남과 헤어짐이 만드는 허상 속에서 살아가는 셈이다.

그 만남과 헤어짐이 지금은 기쁨과 슬픔으로 우리에게 주어지는 것이라 해도 세월이 흐른 뒤 그 시점을 회상해보면 마치 꿈처럼 아련한 느낌이 들것이다. 인생이 얼마나 빨리 흘러가는지, 그 인생이 얼마나 허망한지는 나이가 들어봐야만 깨달을 수 있는 것이 아니다. 우리는 매 순간 삶의 허망함을 온몸으로 드러내고 있다. 그 허망함이 주는 깊은 울림 덕분에 어쩌면 지금 이 순간이 소중하고 아름답게 느껴지는 것이 아닐까.

회자정리(會者定離)요 이자정회(離者定會)라, 만난 자 언젠가 헤어질 것이요 헤어진 자 언젠가 만날 것이라는 상투적인 말을 하려는 게 아니다. 만남과 이별이 우리 삶의 전부라는 것을 말하고 싶었다. 그래서 수많은 소설 작품은 만남과 이별을 소재로 무언가 이야기하려고 한다. 또한 사람마다, 순간마다, 혹은 공간마다, 만남과 이별은 서로 다른 모습으로 우리에게 다가온다.

많은 소설에서 만남과 이별을 말하지만, 『강릉추월(江陵秋月)』만큼 무수히 등장하는 작품은 흔치 않다. 이 소설에서 만남과 이별을 빼면 남는 것이 없다고 해도 과언이 아니다. 그러니 작품의 내용을 말하려면 조금 장황할 수밖에 없다.

## 『강릉추월』의 내용

『강릉추월』은 강원도 강릉 삭옥봉 아래 살고 있던 이춘백이 중국의 조채란과 혼인하여 아들 이운학을 낳고 살아가는 과정에서 겪는 만남과 이별을 소재로 하고 있다. 이들 개인의 삶과 그들이 만나서 엮어내는 인연은 기구하다 못해 놀라울 정도다. 요약하면 헤어졌던 가족이 우여곡절 끝에 결국은 만나서 행복한 삶을 누리는 이야기지만, 그들의 인생 곡절은 순탄치 않다.

강원도 강릉에 이춘백이라는 사람이 살고 있었다. 열네 살 되던 해, 삭옥봉에 올랐다가 우연히 통소를 부는 소년을 만났다. 소년은 이춘백에게 자신이 불던 통소를 건네주었는데 거기에는 '강릉추월(江陵秋月)'이라는 글자가 새겨져 있었다.

어느 해 봄, 이춘백은 바다에 배를 띄우고 통소를 불며 노닐다가 갑작스러운 풍랑에 휩쓸려서 옥문동(玉門洞)으로 표류를 하게 되었다. 이곳에서 그는 약을 캐는 채약할미의 주선으로 조채란과 혼인을 하게 되었다. 조채란은 중국 여남(汝南)에 사는 조상서의 딸로, 풍랑에 휩쓸려서 설랑(雪娘)이라는 시비(侍婢)와 함께 이곳으로 표류를 했던 것이다. 두 사람은 앞날에 수많은 난관이 있을 것이라는 예언을 듣고 강릉 본댁으로 돌아왔다.

비교적 평온한 나날을 보내던 어느 날, 금강산 천불암의 비구니 한 분이 권선(勸善)을 하다가 이춘백의 집 앞에 당도했다. 그녀는 부부가 시주한 공덕으로 비록 기구한 삶을 평탄하게 할 수는 없겠지만 장수를 기원해 주겠다는 말을 남기고 떠난다.

1년 후, 나라에서는 태평성대를 기념하기 위해 태평과(太平科)를 연다. 이춘백은 과거에 합격하여 처음에는 홍릉참봉에 제수되었다가 곧이어 황해감사가 된다. 그가 황해도를 다스리는 동안 백성들에게 뛰어난 정치를 한다는 칭송을 받는다. 그런데 강릉 본댁으로 보내는 봉물을 가는 도중 도적에게 빼앗기는 등 황해도의 치안은 나날이 어지러워진다. 황해감사로서의 임기가 끝나자 그는 다른 곳으로 옮겨가기 위해 다시 배를 탄다. 그런데 그 바닷길에서 해적을 만나 조채란을 비롯한 동행들과 뿔뿔이 흩어져 생사조차 모르게 된다.

이춘백이 겨우 땅을 밟은 곳은 중국이었다. 그는 이왕 중국으로 온 김에 처갓집인 조상서 댁을 들렀으나 자신의 몰골이 너무 추레해서 자신이 사위라는 사실을 밝히지 못한다. 며칠을 묵다가 결국 시 한 수를 벽에 적어놓고 그곳을 몰래 빠져나온다. 그 길로 여남 자개봉이라는 곳에 올랐다가 어떤 노인을 만나서 병법과 검술을 배우게 된다.

한편 이춘백의 부인 조채란은 해적에게 포로가 되어 그들의 산채로 끌려간다. 그곳에 갇혀서 고난을 당하던 중 어떤 비구니의 도움으로 그곳을 탈출한다. 그녀는 남편 이춘백이 죽었으리라 생각하고 시비 설랑과 함께 강릉을 향해 무작정 길을 떠난다. 그러던 중 어떤 산속에서 노인을 만나 백운암에 이른다. 그곳에서 노비구니를 만나 머리를 깎고 비구니가 된다. 노비구니는 조채란에게는 난허당, 설낭에게는 설월당이라는 불명(佛名)을 지어주고 함께 생활한다. 그 무렵 백운암으로 안내해 주었던 노인에게서 편지를 받았는데 거기에는 이춘백이 조상서 댁을 나오면서 지어놓은 시가 적혀 있었다. 그녀는 이춘백이 살아 있음을 직감하고 삶의 희망을 찾았다.

비록 비구니가 되었지만 조채란은 이춘백과 헤어지기 전에 아이를 잉태한 상태였다. 그녀는 백운암에서 아이를 낳았고, 이름을 이운학으로 짓는다. 아이가 점점 자라자 도저히 절에서 기를 수 없었으므로 결국 백운암 부근에 살던 서역국이라는 상인에게 양자로 보낸다. 그러나 이운학이 겨우 걸음마를 할 무렵 집 밖에 나갔다가 실종되었고, 조채란은 다시 절망을 맛본다.

실종된 이운학은 장수백이라는 도적에게 납치가 되어 양자가 된다. 장수백은 그의 이름을 해용이라 지어주었고, 장해용은 자라서 나중에 같은 도적 무리인 어천수의 딸과 결혼을 하게 된다. 결혼을 기념하기 위해 어천수가 장해용에게 선물을 주었는데 그것이 바로 '강릉추월'이었다. 자신이 도적 무리에서 살아간다는 사실을 모르는 장해용은 때마침 나라에서 과거 시험을 치른다는 소식을 듣고 길을 나선다.

장해용은 뱃길에서 광풍에 휩쓸려 표류하다가 강릉의 이감사(監司)댁에 머물게 된다. 장해용은 이감사가 친할아버지인 줄은 꿈에도 몰랐고, 이감사는 장해용이 자신의 실종된 아들 이춘백과 너무도 흡사한 것에 놀란다. 게다가 강릉추월을 가지고 있는 것을 보고 아들 생각에 슬픔에 잠긴다.

우여곡절 끝에 과거에 급제한 장해용은 황해도어사에 제수된다. 황해도의 주점에서 어떤 노인에게 우람도의 도적에 대한 이야기를 듣는다. 그 과정에서 장수백과 어천수가 사실은 도적이며, 자신이 어렸을 때 납치되어 그들의 손에 길러졌음을 알게 된다. 그리고 서역국을 만나 자신의 내력을 알게 되고, 이운학이라는 이름을 회복한다.

그는 어머니가 있는 백운암으로 달려갔지만 어머니는 거의 죽음에 이른 상태였다. 그때 어떤 노인이 준 약병으로 어머니를 회생시키고, 강릉추월 옥퉁소 소리로 모자지간이라는 것을 증명한다. 분노한 이운학은 해주로 가서 암행어사 출도를 하여 도적의 무리를 소탕한다. 그리고 자신을 길러준 장수백은 살려주고 장인 어천수는 죽인다. 아내도 아버지를 살려달라는 호소와 함께 자결한다. 사건을 해결한 뒤 이운학은 자신의 내력을 왕에게 알렸고 왕은 천고에 드문 일이라 감탄하면서 강원도어사에 제수하여 금의환향할 수 있도록 해준다.

그렇게 살던 중 중국에 사신으로 가게 된 이운학은 외조부인 조상서 댁을 찾아가 어머니의 물건을 전하고 외손자로서 인사를 한다. 이 무렵 이운학의 아버지 이춘백은 병법과 검술을 배운 뒤 도사에게 갑옷과 투구를 받고 속세로 내려와서 황성을 향해 길을 떠난다. 도중에 그는 검술과 병법이 뛰어난 최양홍과 인연을 맺는다.

이때 북방의 오랑캐가 중국을 침공한다. 그러나 중국에서는 아무도 오랑캐를 막지 못해 전전긍긍한다. 이운학은 천자에게 자청해서 군사를 이끌고 변방으로 나가 전쟁을 하겠다고 한다. 이춘백은 출정하기 전날 위로연에서 이운학이 부는 강릉추월 소리를 듣고 아들임을 알아채고 상봉의 기쁨을 누린다. 부자(父子)는 힘을 합쳐서 오랑캐를 대파하고 천자의 칭송을 받은 뒤 조선으로 귀국한다. 이 과정에서 최양홍이 사실은 남장 여성이었다는 사실과 이미 이춘백과 부부의 인연을 맺은 것이 알려져, 천자는 조채란을 우부인에 봉하고 최양홍은 좌부인으로 봉한다. 또한 이운학을 공주와 결혼하게 하여 자신의 사위로 삼는다. 이후 모든 가족이 강릉에 모여 아름다운 여생을 보낸다.

## 주인공의 효심을 택한 저자, 아내의 효심을 택한 독자

대강의 줄거리만 보아도 이 소설은 만남과 헤어짐의 연속이라는 점을 금세 눈치 챌 수 있다. 어찌 보면 구체적인 서사 내용을 풀어내기도 전에 등장인물은 만남과 헤어짐을 반복하고 있다. 그 만남의 중심에 '강릉추월'이라고 하는 옥통소가 있다. 이 통소는 사람의 신분을 증명해주는 중요한 소재이며, 이운학과 이춘백이 천상의 뜻에 따라 다양한 고초를 겪으며 세상을 떠도는 와중에도 자신의 정체성을 유지하게 하는 상징물이다. 다른 사람이 불면 소리가 나지 않고 오직 부자만이 소리를 낼 수 있는 통소야말로 그들이 천상 세계와 인연을 맺고 있는 고결한 인물이라는 점을 우회적으로 보여준다.

『강릉추월』이 언제 창작되었는지 정확하게 알 수는 없지만, 대체로 19세기 중반 이후부터 20세기 전반에 널리 읽힌 것으로 보인다. 지금까지 발견된 이본만 해도 87종을 상회하는데,[2] 각각의 이본에 따른 내용상의 차이 역시 제법 큰 것도 있다. 그만큼 독자들의 반응이 뜨거웠다는 의미다. 이 작품을 읽고 필사하는 과정에서 독자(이면서 저자)는 자기 생각을 적극적으로 반영해서 새로운 줄거리를 삽입하였다. 그것은 이본에 따라 작품의 의미나 지향점이 다른 변곡선을 그리게 하는 요소라 하겠다.

내가 이 작품을 처음 접한 것은 대학 2학년 때였다. 당시 나는 막 한국 고전 문학을 접한 초보자였다. 이전에 고전 소설을 열심히 읽었던 시절이 없었던 것은

---

2  김재웅, 「『강릉추월전』의 주인공, 정체성 탐구와 가족 상봉」, 『고소설연구』 제34집(한국고소설학회, 2012), 132쪽.

아니지만, 고전 소설에 대한 공부꾼으로서의 관심은 이때가 처음이었다. 고전 소설을 강의하던 교수님의 안내에 따라 나는 원전을 구하러 이리저리 돌아다니곤 했다. 이 시절에는 '딱지본' 혹은 '육전 소설'로 불리던 20세기 이후 활자본 고전 소설을 구하러 다녔다.

그러다가 지금은 없어진 세창서관을 알게 되었다. 용돈을 아끼고 아껴서 헌책방을 돌아다니며 책을 구입하는 재미에 빠져 있다가, 종로2가 뒷골목 즈음에서 우연히 세창서관의 간판을 발견한 것이다. 처음에는 일제 강점기부터 활자본 소설을 찍어내던 출판사가 나의 시대에도 있으리라 생각하지 못했다. 그러다가 한번 들어가 보기나 하자는 마음에 허름하고 좁은 계단을 따라 4층인가 5층 사무실로 들어갔다. 그런데 과연 내가 알던 세창서관이 맞았다는 것을 알고 일견 당혹스럽고 일견 기뻤다. 어둑하고 탁한 공기로 가득한 좁은 사무실에는 오래된 책들이 빼곡하게 쌓여 있었다. 나이를 짐작할 수 없는 노인이 혼자 앉아 있다가 갓 스물이 된 아이들이 들어서는 것을 보고는 의아해하는 눈빛을 보냈다. 나는 더듬거리면서 세창서관에서 나온 고전 소설 작품을 보고 싶다고 말을 건넸고, 노인은 기쁜 표정으로 쌓여 있던 책더미 속에서 여러 권을 꺼내놓았다. 수십 년이 지난 지금도 노인장의 얼굴이 또렷하니, 내가 처음 세창서관을 들어갔던 때의 인상이 참 강렬했던 모양이다. 거기서 나는 주머니에 있던 돈을 털어서 고전 소설 몇 권을 구입했는데, 『강릉추월』을 구입한 것이 바로 이때다. 부끄럽게도 그날 『강릉추월』이라는 작품을 처음 보았다. 강릉 출신인 내게 그 제목이 괜히 친근한 느낌을 주었으므로 나도 모르게 산 것이다. 그렇게 나는 이 작품을 만났다.

그렇지만 『강릉추월』을 꼼꼼하게 읽은 것은 내가 대학원을 다닐 때였다. 활자본으로만 알고 있던 이 작품의 필사본을 우연히 접하면서 흥미를 느꼈기 때문이었다. 당시 나는 이 작품을 읽으면서 두 가지 점에서 당황스러웠다. 우선 다른 고전 소설 작품보다 많은 공간을 오가면서 '우연'이 만들어내는 만남과 이별이 줄거리를 파악하기 어렵게 한다는 점이었다.

또 하나는 이춘백의 아들 운학이 어린 시절 우람도의 도적에게 유괴되어 양자가 된 뒤 장해용이라는 이름으로 살아갈 때 결혼했던 아내를 훗날 장인인 어천수와 함께 죽음에 이르도록 하는 것이었다. 앞서 줄거리를 소개할 때 언급한 것처럼, 이운학은 장해용이라는 이름으로 도적의 소굴에서 자란다. 물론 자신은 이곳이 도적의 소굴이라는 사실을 모르기는 했다. 어떻든 그곳에서 어천수의 딸과 혼인하고(장인 어천수에게 선물로 받은 것이 바로 '강릉추월'이었다.) 부부로 살아간다. 그런데 과거 시험을 보러 갔다가 우연히 자신의 주변 사람들이 흉악한 도적이었다는 사실을 알게 되고 자신의 진정한 신분을 알게 되자, 암행어사의 힘을 이용하여 이들을 잡아들인다. 그리고는 자기를 길러준 양부 장수백은 살려주면서 '강릉추월'을 선물로 준 어천수는 사형에 처하고 자신의 아내를 자결하게 만든다.

물론 강릉추월을 가지고 있다는 것은 자신의 부모님을 해친 도적이기 때문에 친부모의 원수를 갚는다는 서사적 맥락을 가지고 있기는 하다. 그렇더라도 자신과 부부의 연을 맺은 아내에 대해 냉정하고 잔인할 정도로 처분하는 것은, 적어도 이 작품을 처음 읽는 내게는 참으로 낯선 일이었다. 게다가 작품을 읽어보면 어사 출도를 외친 이운학이 도적들을 잡아들인 뒤 장인이었던 어천수를 죽이려 하자, 아내가 그 앞을 가로막으면서 아버지 대신 자신을 죽여 달라면서 호소를 한다. 부친을 위해 목숨을 내놓은 자신의 아내를 자결하게 만들고 장인을 죽이는 모습이 정말 낯설었다. 이게 도대체 상식적으로 말이 되는가? 아무리 부모의 원수라고는 하지만, 장인과 아내였던 이에게 이토록 냉정하고 참혹한 처분을 하다니. 부모라고 하는 혈육에 대한 애정과 그에 따른 분노 탓이었다고 하더라도, 아내를 자결하게 만드는 것은 뭐라고 해석해야 할지 망연했던 것이다.

장해용과 아내의 행동은 각각의 입장에서 모두 효심으로 인한 것이다. 장해용이 이운학으로서 부모의 원수를 갚으려는 것도 효심의 발로고, 아내가 부친 어천수를 대신해서 목숨을 내놓으면서 살려달라고 호소하는 것도 효심의 발로다. 그러나 이 작품의 주인공은 장해용=이운학이고, 서사적 맥락의 흐름상 이운학의 효심이 승리하는 방식으로 정리가 되면서 아내는 어천수와 함께 목숨을 잃는 것으로 처리된다. 그렇다면 아내의 효심은 잘못된 것이라는 말일까? 그녀의 효심은 가치 없는 것이어서 어떤 배려도 받아서는 안 되는 것일까?

이러한 의문은 당시 독자들에게도 똑같이 제기되었던 것으로 보인다. 앞서 언급한 것처럼, 87종을 상회하는 이본들을 살펴보면 대체로 세 가지 계열의 서사 구조가 발견된다. 그중에서도 가장 확연하게 서사의 구조가 달라지는 부분은 아내의 효심을 존중하는 지점에서 발생한다. 독자의 열망은 소설의 결말에 또 다른 이야기를 추가하도록 부추긴다. 요즘으로 말하면 드라마 전개에 불만을 느낀 시청자들이 인터넷 댓글을 비롯한 다양한 방식으로 제작진을 압박해서 다른 방향으로 줄거리를 이끄는 것과 비슷하다고 하겠다.

앞서 소개한 줄거리가 끝나면, 천상의 선관이 내려와서 이춘백과 이운학에게 인간의 인연이 다했으니 하늘로 돌아가자고 청하지만 이들은 속세에서 10년을 더 살 수 있게 해 달라고 한다. 때마침 북방 오랑캐가 다시 침공하고, 조정에서는 이춘백 부자를 다시 출정하도록 한다. 이춘백 최양홍 부부, 아들 이운학이 군대를 이끌고 적장 용천두와 전투를 벌여 오랑캐를 진압한다. 이들이 돌아올 때 어천수와 용천두의 혼령에게 포위되어 곤경에 처하지만, 아내의 혼령이 나타나 이춘백 일행을 구해준다. 이 일을 겪은 뒤 이춘백 부자는 그녀의 정렬비를 세우고, 어천수와 용천두, 이운학 아내의 혼령을 불러 크게 잔치를 연다. 공을 세우고 한양으로 돌아온 뒤 이운학은 아들과 딸을 낳고, 이후 강릉으로 돌아와 강릉추월을 불며 세월을 보내다가 하늘로 올라간다.

독자들은 이운학 아내의 억울함과 그녀의 효심을 어떻게든 달래고 싶었을 것이다. 그제야 나는 예전에 읽었던 『강릉추월』에서의 당혹스러움을 이해할 수 있었다.

## 만남과 이별이 만드는 인생의 무늬

또 하나의 당혹스러움은 만남과 이별의 장면이 지나치게 많다는 점이었다. 툭하면 배를 타다가 광풍에 휩쓸려 다른 곳으로 흘러가는 것은 물론이고 뜻밖에 도적을 만난다든지, 깊은 산중에서 누군가를 만나 도움을 받는 등 작품에 등장하는 인물들은 이별과 만남을 오가느라 숨 가쁘게 움직인다. 그런데 이러한 이합(離合)은 가족들 사이에서만 일어나고 또한 의미가 발생한다.

가족의 고난은 어디서 비롯하는 것일까? 작품 앞부분에 보면 금강산 천불암의 비구니 스님이 권선을 하러 왔다가 돌아가면서 조채란에게 이렇게 말한다. "부인은 하늘로부터 타고난 죄악이 있으므로 이번 생애에서는 고향을 이별할 운수이며, 공자(이춘백을 지칭함) 역시 이번 생애의 운수와 재액 때문에 다른 나라에 가서 고생할 운수입니다. 두 분 모두 머지않아 죽을 액운이 있지만, 액운을 잘 지나가신다면 부귀공명이 천하제일이 될 것입니다."

이 말은 험한 인생길이 기본적으로 하늘에 의해 정해져 있다는 의미다. 그러나 운명을 받아들이는 방식은 부자가 서로 달랐다. 이춘백이 대체로 다가온 운명을 그대로 받아들이면서 소극적으로 반응하는 것에 비해 이운학은 자신의 삶을 적극적으로 개척하면서 헤어진 부모를 찾는 길을 택한다. 그런 맥락에서 『강릉추월』은 아들 이운학의 삶을 가장 극적으로 보여주는 작품이라 할 수 있다. 운학은 중국의 한 암자에서 태어난 이후 납치되어 도적의 마을에서 자랐지만 과거 시험에 응시하여 벼슬을 하고, 우연히 알아낸 자신의 내력을 통해서 부모를 찾기 위해 애를 쓴다. 그 결과 헤어졌던 가족들이 모두 모이게 된다. 말하자면 이운학이 자신의 정체성을 찾는 마지막 지점에 '완전한 가족'이 있는데, 그렇게 나아가는 추동력은 바로 효(孝)이념이었다.

유가의 출발점이 충(忠)보다는 효(孝)의 가족 윤리에 있다는 것은 널리 알려진 사실이다. 하지만 조선 후기에 이토록 효심을 자극하면서 무리한 서사를 만들고 큰 호응을 끌어낸 것은 무엇 때문일까. 성균관대 소장본과 같은 이본에는 작품의 시대적 배경을 임진왜란으로 삼고 있다. 만남과 이별의 서사가 난무하는 가족 이야기가 아마도 임진왜란을 배경으로 할 때 가장 극적으로 빛난다고 생각했을 것이다. 그만큼 이 작품을 즐겨 읽었던 19세기 후반은 일반 백성의 삶이 피폐해져 있었으리라. 그들이 겪는 일상 속에서 수많은 이별을 만났을 것이고, 대부분의 이별은 비극적 결말로 돌아왔을 것이다. 일상적 이별을 경험하는 사람들에게 가장 큰 소망은 무엇이었을까. 가족들이 함께 지내면서 한세상을 평화롭게 살아가는 것이 아니었겠는가. 그러한 소망을 꿈꾼다고 해도 정작 이별의 순간이 닥치면 어쩔 도리 없이 눈물을 흘리며 별리(別離)의 한(恨)을 가슴에 묻었을 것이다. 많은 독자가 『강릉추월』을 읽으면서 마치 자기 일처럼 이춘백과 조채란의 이별에 슬퍼했을 것이고 산산이 쪼개졌던 가족 구성원들이 금의환향해서 아름답게 말년을 보내는 이야기에 환호했을 것이다.

누구나 마음속에 이상향을 간직하고 살아간다. 삶이 곤고할 때면, 그리하여 현실 속에서는 도저히 물러날 데가 없을 정도로 궁지에 몰리면, 가슴 속 이상향으로 잠시 피함으로써 현실의 아픔과 괴로움을 잊으려 한다. 그렇게 보면 『강릉추월』의 독자들에게 강릉 삭옥봉은 그들의 상상 속에 존재하는 가장 이상적인 공간이었을 것이다.

수많은 인연이 스쳐 지나면서 만들어내는 이합(離合)은 우리 인생의 다양한 무늬를 만들어내는 재료다. 아름다운 문양은 시련의 세월을 증언하는 일종의 흔적이요 훈장이다. 이름 없이 살아온 생이라고 해도 그 가슴 속에는 누구도 형용

할 수 없는 아름다운 무늬를 숨기고 있다. 아무도 알아주지 않는 그 무늬를 품고 살아가는 사람들은, 『강릉추월』이 만들어내는 이별과 만남의 서사가 극대화되면 될수록 감동과 위안을 느꼈을 것이다. 여전히 이별에 아파하고 만남에 기뻐하는 이 시대 중생들에게 『강릉추월』은 어떤 시련에도 굴하지 않고 자신의 정체성을 찾아간다면 언젠가는 좋은 시절을 만날 수 있으리라는 희망과 위로의 말을 건네고 있다.

# 6권. 소대성전

## 蘇大成傳

# 영웅의 등장에 환호를 보내는 까닭

―작자연대 미상의 『소대성전』

## 책 읽어주는 노인

영웅의 이야기는 언제나 사람의 마음을 끓어오르게 한다. 어지러운 시대를 단박에 정리하고 어려움에 처한 가족과 백성을 구해내는 그들의 이야기는 여러 차례 반복해서 읽어도 늘 가슴을 시원하게 만든다. 상투적인 구조에도 불구하고 언제 어디에서나 영웅담이 전승되고 향유되는 것은 간난(艱難)한 삶을 살아가는 필부들에게 잠시나마 막힌 가슴을 뻥 뚫어줌으로써 정신적 휴식 공간을 제공하기 때문일 것이다. 오디세이나 지크프리트부터 홍길동, 슈퍼맨, 중국의 황비홍에 이르기까지 우리는 얼마나 많은 영웅의 삶을 즐겨왔던가. 위대한 신화의 영웅이든 싸구려 무협지에 등장하는 영웅이든, 독자는 그들의 이야기에서 카타르시스를 경험했다. 그들의 행동에 몰입해서 함께 희로애락을 느꼈고, 모든 어려움을 이겨내고 해피엔딩에 다다랐을 때 나도 모르게 환호성을 토해내곤 했었다.

나는 어릴 적 독서의 경향이 나이가 들어도 영향을 끼친다고 생각한다. 객관적으로 증명할 수 있는 것인지는 자신할 수 없지만 책을 읽는 경향은 마치 맛의 형성과 비슷한 것이어서, 어렸을 적 재미있게 읽었던 책의 경향은 나이 들어서도 여전히 재미있게 느낀다. 적어도 나의 독서 경험 속에서 이 논지는 상당히 그럴듯하다. 12살 때 읽었던 『정글북』이나 『괴도 뤼팽』, 『셜록 홈스』 시리즈 등은 지금도 즐겨 읽는 책이다. 나이에 따라 이 책들은 유치하게 느껴지기도 했고 새롭게 읽히기도 했는데, 그것을 증명이라도 하듯 내 서가에는 뤼팽이나 홈스와 관련된 다양한 판본이 있다.

이 책들이 어떤 즐거움을 주는 것일까? 누구나 그렇겠지만, 나이를 먹으면서 우리는 늘 힘든 세월을 버티며 앞으로 나아간다. 때로는 주변 사람들의 도움으로 그 세월을 넘어가지만, 많은 경우 나만의 힘과 결단으로 살아간다. 내 앞에 주어진 세월은 그렇게 몸속으로 들어와 깊은 흔적을 남긴다. 내 속을 가만히 들여다보면 얼마나 많은 주름이 이곳저곳에 숨어 있는가를 알 수 있다. 저렇게 깊은 주름을 내면에 새기는 과정에서 나는 거친 세파에 지쳐간다. 가족을 위해서 혹은 신념을 위해서 나는 힘들게 세월을 넘지만, 누구도 나에게 위로의 말을 던지지 않을 때가 참으로 많다. 바로 그 순간, 위로의 말을 던져주었던 것은 바로 책이었다. 호젓한 곳에 앉아 읽는 사색의 글도 좋지만, 영웅담이 주는 카타르시스가 필요한 순간도 매우 많다. 영웅의 어려움이 나의 어려움으로 생각되듯, 영웅의 성공은 나의 성공을 상징적으로 드러내는 것처럼 느끼는 것이다.

조선 후기 소설사에서 전기수(傳奇叟)의 존재는 널리 알려져 있다. '이야기하는 노인'이라는 뜻의 전기수는 문맹률이 높던 당시 책을 읽어주는 사람이었다. 거리의 하찮은 사람이 우리에게 알려진 것은 조수삼(趙秀三)의 기록 덕분이다. 그 기록은 다음과 같다.

전기수는 동문(東門) 밖에 살았다. 그는 『숙향전』, 『소대성전』, 『심청전』, 『설인귀전』 등과 같은 언문 소설을 구송해주었다. 매월 초하루에는 제일교(第

一橋) 아래에 앉고 둘째 날은 제이교(第二橋) 아래에 앉고 셋째 날은 이현(梨 峴, 청계천 4가 배오개다리 일대)에 앉고 넷째 날은 교동 입구에 앉고 다섯째 날은 대사동(大寺洞) 입구에 앉고, 여섯째 날은 종루(鍾樓) 앞에 앉았다. 이렇게 거슬러 올라갔다가 일곱째 날부터는 다시 내려오고 내려왔다가 다시 올라가서 한 달을 마쳤다. 다음 달이면 이와 똑같이 하였다. 책을 잘 읽어주었기 때문에 사람들은 그 옆에 빙 둘러서서 구경을 했다. 가장 흥미진진해서 정말 들을 만한 대목에 이르면 갑자기 입을 다물고 소리를 내지 않았다. 구경꾼들은 다음 대목을 듣고 싶어서 다투어 돈을 던지니, 그것을 요전법(邀錢法)이라고 한다.[3]

전기수는 날짜에 맞추어서 책을 읽어줄 곳에 앉는다. 그가 읽는 책은 매번 다르겠지만 사람들은 그가 언제 어디에 있는지 정확히 안다. 그곳을 찾아가서 재미있는 이야기에 빠짐으로써 잠시나마 삶의 곤고함을 잊는 것이다. 글은 모르지만 이야기 속으로 들어가서 주인공과 하나가 된다. 한창 재미있는 순간 전기수는 입을 다물고 사람들은 다투어 엽전을 던진다. 빨리 뒷부분을 읽어달라는 뜻이다. 조선 후기 한양 거리의 흥미로운 풍경이다.

전기수의 행동도 흥미롭지만 나는 그가 읽어주었다는 책 제목도 흥미로웠다. 『숙향전』, 『심청전』, 『설인귀전』 등과 함께 바로 『소대성전』이 언급되어 있다. 그만큼 당시 최고의 인기를 누리고 있었다는 의미다. 이 책은 일찍이 방각본과 활자본으로도 여러 차례 발행되어 베스트셀러로서의 성가를 누렸음을 보여준다.[4]

---

3  叟居東門外. 口誦諺課稗說. 如淑香·蘇大成·沈淸·薛仁貴等傳奇也. 月初一日坐第一橋下, 二日坐第二橋下, 三日坐梨峴, 四日坐校洞口, 五日坐大寺洞口, 六日坐鍾樓前. 溯上, 旣自七日沿而下, 下而上, 上而又下, 終其月也. 改月亦如之. 而以善讀, 故傍觀匝圍. 夫至最喫緊甚可聽之句節, 忽默而無聲, 人欲聽其下回, 爭以錢投之, 曰: 此乃邀錢法云. (조수삼, 『추재집秋齋集』 卷7)

4  『소대성전』은 방각본으로 8종, 활자본으로 7종이나 전승되고 있어서 『조웅전』(방각본 16, 활자본 6)에 이어 두 번째로 많은 기록을 가진다. 김경남, 「군담소설의 전쟁 소재와 욕망의 관련 양상」, 『건국어문학』, 제21~22집 합집(건국어문학회, 1997), 657쪽 참조

# 『소대성전』의 줄거리

　명나라 때 병부상서를 지낸 소양이 소주(蘇州)에 살고 있었다. 쉰 살이 넘도록 자식이 없었는데, 마침 시주를 하러 온 서역 영보산 청룡사의 스님에게 절을 중수할 재물을 보시한 덕으로 아들을 얻게 된다. 그는 동해 용왕의 아들이었는데 인간 세상에 비를 잘못 뿌린 죄를 짓고 소양의 집안에 태어난 것이다. 그 아이가 바로 소대성(蘇大成)이다.

　소대성이 열 살 되었을 때 부모가 병에 걸려 죽자 삼년상을 치르고 나니 집에 재산이 거의 없어졌다. 그는 남아 있던 재산을 노복들에게 나누어 주고 자신은 집을 나온다. 그나마 조금 가지고 있던 돈은 길에서 만난 노인을 도와주느라 빈손이 된다. 남의 집 일을 해주면서 떠돌아다닌 탓에 해사했던 얼굴은 수척해지고 옷매무새는 거지꼴로 변한다.

　이렇게 떠돌다가 당도한 곳은 청주였다. 그곳에는 이승상이라는 재상이 은퇴해서 살고 있었다. 아들도 있었지만 채봉이라고 하는 막내딸이 있었다. 그녀는 동정호의 용녀(龍女)인데 원래 동해 용왕의 아들과 인연이 있었으므로 소대성이 인간 세상으로 나오는 바람에 이승상 댁 막내딸로 태어났던 것이다. 자식들은 모두 성가(成家)하고 오직 막내딸만 데리고 있던 이승상 부부는 채봉을 매우 아껴서 아직 사윗감을 찾지 못하고 있었다.

　하루는 이승상이 술에 취해 낮잠을 자다가 평소에 낚시를 즐기던 곳에 청룡이 누웠다가 승천하는 꿈을 꾼다. 이승상은 이상한 마음이 들어 낚시터로 갔고, 거기서 소대성을 만난다. 이야기를 나누던 중 소대성이 소양의 아들이라는 것을 알게 되며, 그의 인품과 능력을 알아보고 집으로 데려와서 사위로 삼는다. 채봉은 부친의 말씀에 그대로 따르기로 했고 부인인 왕부인은 거절하고자 했지만 남편의 말을 정면으로 거절할 수 없어 소대성을 받아들인다. 소대성과 채봉은 처음 만나는 자리에서 부부의 인연을 받아들였으며, 두 사람은 서로 시를 지어 주고받아서 정표로 삼는다.

두 사람은 혼인하기로 하고 날을 잡았는데, 불행히도 이승상이 병에 걸려 세상을 떠난다. 장례를 마치자 소대성은 모든 일에 뜻을 잃고 빈둥거리기만 한다. 이승상의 맏아들은 자객을 이용해서 소대성을 살해하려 했지만 실패로 돌아가고, 소대성은 채봉 외에 자신을 알아주는 사람 하나 없는 그곳을 나온다. 그는 벽에 시를 한 편 써놓았는데, 시를 통해서 채봉은 소대성이 위험에 처했었다는 점, 후일 다시 돌아오리라는 점을 눈치 채고 기다리려는 마음을 먹는다.

한편 정처 없이 떠돌던 소대성은 용왕의 지시에 따라 옛날 부친이 시주했던 영보산 청룡사로 가서 노승에게 불경과 병서를 읽는다. 그러던 중 북쪽 오랑캐인 흉노와 서쪽 오랑캐인 융이 명나라를 침략함으로써 전쟁이 일어난다. 오랑캐의 왕 호왕(胡王)은 바로 하늘의 익성(翼星)이 인간 세상으로 환생한 자였다. 명나라 황제는 즉시 80만 대군을 일으켜서 적군을 맞이하여 싸운다. 그러나 명나라 장군은 적장에게 모두 죽고 전황은 명나라에 불리해진다.

청룡사에서 글을 읽던 소대성은 천기를 보고 명나라의 위태로움을 알게 된다. 노승은 소대성에게 칠성검을 주고 홀연 사라졌는데 바로 부처님의 현신이었던 것이다. 소대성은 다시 길을 가다가 선계에 들어갔는데, 거기서 세상을 뜬 이승상을 만나 보신갑(保身甲)을 받는다. 다시 도중에 우연히 들른 집에서 천리마를 얻게 된다. 이렇게 싸울 준비를 마친 소대성은 명나라 군대로 가서 참전 의사를 밝혔지만 명나라 장군 모세증은 소대성의 인물을 몰라보고 낮은 직위로 발령을 낸다.

전황은 날로 어려워지고 결국 선우(單于)의 흉맹함을 이기지 못하던 중 소대성이 번개처럼 전장으로 나아가 그의 목을 벤다. 이로 인해 황제는 천금으로 상을 내리고 만호후(萬戶侯, 일만 호의 백성이 사는 영지를 가진 제후)에 봉한다. 힘을 얻은 소대성은 다시 호왕과 싸웠으나 승부를 결정하지 못한 채 시간을 보낸다. 북방 오랑캐 군사들의 다양한 전법 때문에 고전하던 명나라는, 갑자기 황도(皇都)가 공격을 받는다는 소식에 놀라서 소대성을 급파하게 된다. 소대성이 없는 틈을 타서 호왕은 명나라 진영을 급습하고 마침내 달아나던 명나라 황제를 사로잡기 직전까지 이른다. 그러나 소대성이 호왕의 계략을 알아차리고 즉시 돌아와 호왕을 죽이고 황제를 구한다.

전쟁을 승리로 이끈 공을 인정받아 황제는 소대성을 노왕(魯王)으로 봉했고, 소대성은 이승상 댁으로 사람을 보내서 채봉을 데려와 혼인하게 된다. 왕부인과 이승상의 아들들은 모두 자신의 옛 잘못을 뉘우쳤고, 소대성은 훌륭한 정치로 태평성대를 이룩하였다.

## 하늘로 오르고 싶은 꿈

더러운 곳에서 살아가는 사람들은 늘 자신이 선 곳을 벗어나 깨끗한 곳으로 옮겨가기를 꿈꾼다. 가난한 사람은 부자가 되기를 꿈꾸고, 낮은 신분의 사람은 높은 신분으로 올라가기를 원하며, 한미한 사람은 영달한 사람이 되기를 바란다. 웬만한 사람이라면 이런 꿈을 한두 번쯤은 꾸어 보았을 것이다. 그렇지만 곤궁한 현실에서 벗어난다는 것은 이 땅을 살아가는 대부분의 백성에게는 그야말로 '꿈'에 불과하다.

『소대성전』에 등장하는 주인공 소대성과 그의 아내 채봉은 용궁 출신이다. 소대성은 동해 용왕의 아들이고 채봉은 동정호 용왕의 딸이다. 물속으로 설정된 용궁이기는 하지만, 기본적으로 인간 세계가 아닌 천상계의 질서 속에 존재하는 공간이다. 거기에 걸맞게 소대성과 채봉의 부모는 모두 태몽을 용꿈으로 꾼다. 소대성이 떠돌다가 처음으로 채봉의 부친과 만난 것도 그의 용꿈 덕분이다. 원래 그들은 용이었는데(그렇다고 이들이 파충류에 속하는 것은 당연히 아니다. 용은 천상계를 구성하는 중요한 구성원이다.) 소대성은 잠시 인간 세상으로 귀양을 왔고 채봉은 소대성을 따라 온 것이다. 그리고 이들은 인간으로서 온갖 고난을 겪는다.

그 고난의 실제 모습이 흥미롭다. 소대성이 부모의 상례를 모두 치른 뒤 빈털터리가 되어 천하를 떠돌 때 그가 호구지책으로 삼았던 것은 하층민에게나 어울릴 법한 일이었다. 하인들에게 재산을 대부분 나누어주고 몇 푼 남지 않았던 돈마저 길에서 만난 가난한 노인에게 줘버린 뒤 무일푼이 된 그는 비록 "도량이 창해(滄海)를 견줄" 정도였지만 굶주림은 점점 심해졌다. 그래서 "남의 외양간을 고쳐주기도 하고 담을 쌓아주기도 하며 겨우 굶주림을 면"하는 나날을 보낸다. 아무리 옹색해도 곁불조차 쬐지 않는 조선의 선비들이 보면 소대성의 이런 짓이야말로 사대부로서의 체면을 잃어버리는 짓이다. 노동은 자신의 생명을 유지하기 위한 일차적인 행위다. 몸을 움직여 노동하는 것이 조선의 선비들에게 꺼려지는 일이었지만 소대성은 노동을 통해서 천애고아(天涯孤兒) 신세가 된 자신의 생활을 꾸려나간 것이다. 그러면서도 동시에 그는 노동을 통해 자신이 세상에 필요한 존재라는 것을 증명하는 일이기도 했다.

그러나 소대성을 노동 현장으로 편입시키면서도 작자는 그 노동이 평범한 사람들의 노동과는 다르다는 점을 은근히 암시하기도 했다. 남의 외양간을 고친다든지 담을 쌓아주는 일은 얼핏 하층민의 노동에 근접해 있지만, 중국 은나라 때의 뛰어난 재상이었던 부열(傅說)과 이윤(伊尹)이 재상으로 발탁되기 전에 했던 일이라는 점을 상기한다면 해석의 맥락은 달라진다. 소대성은 그 자신을 알아보고 발탁해주는 성군을 만나지 못했을 뿐 그런 기회가 오면 부열과 이윤처럼 빼어난 재상이 될 수 있는 자질을 갖춘 사람으로 읽힌다는 것이다.

어떻든 소대성은 태어날 때부터 빼어난 능력을 갖추고 있었으므로 동시대의 수많은 필부와는 달리(심지어 명나라의 황제조차도) 이들과는 근본적으로 다른 차원에 속하는 사람이었다. 채봉도 마찬가지지만, 용왕의 아들인 소대성이 돌아가야 하는 곳은 용궁이며 천상계의 질서였다. 인간으로 살아가는 속세의 삶이 아무리 누추하고 힘들어도 그는 결국 천상계로 돌아가는 존재이다. 아무리 노력하고 빼어난 능력을 갖춘 사람이라 해도 인간이 천상계의 질서로 편입되는 것은 기본적으로 차단되어 있다. 그런 점에서 소대성과 채봉은 인간계의 다른 인물들과는 전혀 다르다.

『소대성전』을 흔히 적강 소설(謫降小說)이라고 한다. 천상계의 존재가 죄를 지어 인간 세상에 태어나 온갖 어려움을 겪고 자신의 죄를 모두 갚은 뒤 다시 천상으로 돌아가는 구조를 가진 소설을 지칭한다. 적강 소설은 어쩌면 인간의 몸으로는 영원히 도달할 수 없는 우리의 이상향에 도달하고 싶은 욕망이 만들어내는 슬픈 연가일 것이다. 나도 어쩌면 천상계에서 이승으로 잠시 귀양 온 신선이 아닐까 하는 상상은 험난한 세상살이에 잠시나마 위로가 될 수 있다.

## 무능한 황제와 전망 없는 현실

한 사람의 능력이 집단의 성패를 늘 좌우하는 것은 아니지만 그 사람의 위치에 따라 성쇠(盛衰)를 결정하는 요인으로 작동하기도 한다. 특히 왕의 세습이 당연하게 여겨지던 시기에 왕의 능력은 국가의 존망을 결정하는 중요한 계기를 만드는 경우가 많다. 정치·경제뿐 아니라 문화 방면에서도 왕의 능력이 결정적으로 영향을 끼치는 경우가 많다. 독서광이자 뛰어난 지도자였던 세종이나 정조의 예를 보아도 짐작할 수 있듯이, 왕의 능력은 나라를 흥성스럽게 만드는 힘이었다.

그렇다면 소대성의 시대는 어떠했는가. 소설에서의 시대적 배경은 명나라 성화(成化) 연간으로, 헌종(憲宗) 시대다. 한 인간의 능력을 하나의 기준만으로 평가할 수는 없지만, 소설에 등장하는 헌종은 그야말로 무능하기 이를 데 없는 황제다. 헌종이라는 실제 인물이야 사람에 따라 평가를 달리하겠지만, 『소대성전』에서 헌종은 황제라고 하기에 참으로 한심한 인물이다.

홍노와 서융(西戎)이 '모반'을 꾀하여 명나라를 침략하려 하자 황제는 신하들과 상의하여 서경태와 유문영 두 장수에게 80만 대군을 주면서 전장으로 보낸다. 그러나 이들은 변변한 전투 한 번 치르지 못한 채 장수는 적장에게 죽고 군사들은 뿔뿔이 흩어진다. 이에 대경실색한 황제는 수천 명의 장수와 10만 명의 군사를 거느리고 직접 전투에 참여한다. 여기까지는 황제의 용맹과 사직을 지키려는 태도를 충분히 볼 수 있다. 전투는 몇 개월이 되도록 결판이 나지 않고 이어진다. 이 무렵 소대성은 천자의 군대 안에 편입되어 있었지만, 그의 능력을 발휘할 기회도 얻지 못한 채 낮은 일에 종사하고 있었다. 그러던 중 명나라 장수 호첩을 시작으로 양측의 장수들이 죽고 죽이며 치열한 전투가 일어난다. 소대성이 자신의 존재감을 드러낸 것은 바로 이때다. 명나라 장수들이 대적하지 못하는 선우를 죽임으로써 천자의 눈에 들게 된 것이다. 천자는 그가 명나라 충신 소양의 아들이라는 것을 알고 기뻐하면서 만호후에 봉한다. 소대성은 전투의 주요 인물로 급상승한다.

소대성은 적장과 전투를 벌이다가 그들의 함정에 빠졌는데, 그가 죽었다고 생각한 황제는 통곡한다. "천자는 밤이 새도록 발을 구르며 잠을 이루지 못했"지만, 소대성이 살아 돌아오자 매우 기뻐한다. 전투가 이어지던 중 별안간 황궁이 급습을 당했다는 소식이 들려온다. 황제는 동궁의 안위가 걱정되자 소대성을 보내서 구원하도록 한다. 가장 중추적인 전력이 적군과 싸워야 하는 판에 황제는 동궁 때문에 그 전력을 빼서 황궁으로 보낸 것이다. 그동안 적군은 다양한 전술로 명나라를 공격하고 있었고, 소대성 덕분에 겨우 방어를 하고 있던 참이 아니었던가.

소대성이 황궁 쪽으로 갔다는 첩보를 듣자마자 호왕은 즉시 군대를 동원해서 명나라 황제를 사로잡는다. 놀라서 달아나던 황제는 어쩔 줄을 모르고, 결국은 황강에 가로막혀 오랑캐에게 포로가 된다. 주변에서 황제를 지키던 장수와 군졸들은 모두 죽은 뒤였다. 황제가 희화화되는 것은 이 순간이다.

천자가 서러워 슬피 울고 있을 때, 호왕이 와서 천자의 말을 칼로 찔러 거꾸러뜨리니 천자가 땅에 떨어졌다. 호왕은 창으로 천자의 가슴을 겨누며 꾸짖었다.

"죽기가 서럽다면 항서(降書)를 써 올리라!"

천자가 경황이 없으면서도 말했다.

"종이도 없고 붓도 없는데 어찌 항서를 쓴단 말인가?"

호왕이 크게 소리쳤다.

"곧 있으면 죽을 목숨이나 목숨이 아깝거든 용포(龍袍)를 찢고 손가락을 깨물어서 써라!"

"아파서 그리는 못 하겠다.[5]"

급박한 상황을 묘사하고 있는 대목인데도 읽노라면 웃음이 난다. 용감하게 맞서 싸울 능력이나 용기도 없고, 죽음 앞에서 너무도 비굴한 황제의 모습이다. 게다가 사건이 벌어져서 감당하기 어려울 때마다 황제가 하는 것이라고는 그저 울음을 터뜨리는 것뿐이다. 국가의 거대하고 막강한 권력의 민낯이 이 정도 수준밖에 안되는가 하는 마음이 든다. 자신이 곧 국가요 사직이라면서 수많은 장수와 병졸들의 목숨을 앞세워 방패막이로 쓴 사람의 행동이라기에는 너무도 무력하고 한심한 모습이다. 좀 더 당당하게 자신의 현실과 마주하는 사람이라야 아랫사람들의 충성심이 깊어질 것이 아니던가.

황제의 모습에서 당시 독자의 생각을 유추하기는 어렵다. 중국의 쇠락에 대

---

5  이 글에서 사용되는 판본은 신해진이 역주한 『소대성전』(지만지, 2009)이다.

한 암묵적인 반영일 수 있고, 현실을 타개할 능력이 없는 권력층에 대한 희화화일 수 있으며, 중화주의의 강고한 이념을 벗어나려는 무의식적인 묘사일 수 있다. 어떤 방식으로 해석하든 독자는 황제의 무능 앞에서 허탈한 웃음과 전망 없는 현실을 읽었으리라.

## 영웅, 역경을 넘어 희망을 만드는 자

국가 권력은 무능하고 국민의 삶이 고통스럽다면 그야말로 최악이다. 어떤 시대든 부자와 빈자, 강자와 약자가 있기 마련이다. 하지만 국가는 국민이 행복한 삶을 누릴 수 있는 현실을 만들어가려고 애를 써야 한다. 또한 그렇게 믿기 때문에 국민은 공동선(共同善)을 추구하려는 국가와 인류의 행보에 지지를 보내고 동참한다. 나의 삶이, 나의 행동이 작게는 개인의 이익을 증대시키고 크게는 인류의 공동선을 추구한다는 목표에 닿아 있는 것이라면 인류 사회가 모두 바라는 방향이리라.

그렇지만 아무리 공적 차원에서 합의된 것이라 해도 지구의 역사에서 이러한 목표에 도달한 적은 없다. 이상적이고 아름다운 목표에 균열을 내는 것은 인간의 욕망이다. 욕망은 우리 일상을 추동하는 가장 직접적이고 강력한 힘이기도 하지만 동시에 추악한 삶의 그림자를 짙게 드리우도록 만드는 원인이기도 하다. 욕망은 늘 두 얼굴을 가지고 있어서, 어느 쪽의 얼굴을 하는가에 따라 개인의 삶과 국가의 운명이 달라진다. 심지어 그 얼굴은 어디에 위치하는가에 따라 다른 쪽의 얼굴로 변하기도 한다.

요점은 우리의 욕망이 국가적인 차원에서 작동할 때 국민의 대부분이 힘든 일상을 견디는 쪽으로 옮겨갔다는 점이다. 재앙은 혼자 오지 않는 법이다. 지도자의 무능은 정치의 혼란을 부르고 경제의 침체를 가져오며 문화의 황폐화를 만들어낸다. 개인의 힘으로는 도저히 헤쳐나갈 수 없는 현실 속에서 사람들은 절망한다. 이런 상황에서 우리는 영웅의 탄생을 간절하게 바란다.

황제가 무능하다면 백성들의 삶은 불을 보듯 뻔하다. 오랑캐의 폭력에 국토가 짓밟힐 위기에 처했는데 황제가 그 상황을 헤쳐나갈 능력이 없다면 백성들 입장에서는 암담했을 것이다. 어떤 전망도 보이지 않는 어둠의 땅에서 오직 바랄 것은 이 상황을 단박에 해결해 줄 수 있는 사람의 출현이다. 그 사람을 우리는 '영웅'이라고 부른다.

전망 없는 현실에서 마법처럼 희망을 만들어내는 사람을 영웅이라 말한다. 신화 속에 등장하는 강력한 힘을 가진 사람만이 영웅은 아니다. '문화 영웅'이라는 말에서도 짐작할 수 있듯이, 육체적 힘이나 정치적 권력이 없어도 수많은 사람의 일상에 희망을 줄 힘이 있다면 바로 그 사람이 영웅이다. 소대성은 황제조차 어쩔 수 없는 상황에서 살길을 만들어준 영웅이다. 죽음 앞에서 절망하던 수많은 병졸과 장수는 소대성의 출현과 활약에 환호했고, 그는 사람들의 영웅이 된다.

이런 맥락에서 영웅을 갈구하는 시대는 불행하다. 전망 없는 어둠의 시대에 살고 있다는 뜻이기 때문이다. 『소대성전』을 다양한 맥락에서 읽을 수 있겠지만, 영웅의 출현을 희망하는 독자들의 열망 때문에 조선 후기 베스트셀러로 등극할 수 있었다. 이 작품을 읽으면서 내가 서 있는 이 시대가 영웅의 출현을 열렬히 바라고 있는지를 되묻는다.

# 7권. 승호상송기

僧虎相訟記

# 짐승을 통해 인간다운 삶을 생각한다
— 송사형 우화 소설 『승호상송기』

## 사람과 사람 아닌 것 사이의 이야기, 우화

반려동물이 어느새 우리 삶 속으로 깊숙하게 들어와 있다. 시골 마당 한쪽을 지키던 누렁이는 이미 집주인의 침대로 올라와서 당당하게 자신의 위치를 주장하고 있다. 어디 강아지뿐이랴. 반려동물의 종(種)은 다양하다. 개는 물론 이러니와 각종 새, 돼지, 물고기, 햄스터와 같은 설치류 등 그 종류를 꼽아보면 얼마나 많은 생물이 우리의 벗으로 대접을 받는지 쉽게 알 수 있다. 심지어 카멜레온이나 도마뱀, 비단뱀 같은 종에 이르면 인간의 취미가 어디까지 이르는지 그저 놀랍기만 하다. 어쩌면 우리 시대가 그만큼 인간과 인간 사이에 소통이 없다는 증좌가 아닐까. 이야기 상대를 찾지 못하면서 우리는 또 다른 대화 상대를 찾아 헤매게 되었고, 그 대안으로 등장한 것이 비(非) 인간이면서 살아 움직이는 생물들일 것이다. 이제는 강아지를 품에 안고 자기를 엄마나 아빠로 호칭하는 일이 일상이 되었고 어떤 경우 반려동물은 가족 구성원의 지위를 톡톡히 누린다.

나는 딱히 집에서 기르는 생물이 없는 처지에 반려동물과 생활하는 사람들의 심정을 이해한다고 할 수는 없지만, 정말 외로울 때면 불현듯 사람 아닌 생물과 이야기하고 싶어질 때가 있다. 꼭 생물이 아니면 어떤가. 벽을 보고 이야기를 하기도 하고 화분에 핀 꽃을 보고 이야기를 하기도 한다. 세상 어떤 사물이든 내가 외로울 때 위로가 되어주는 상대로 그저 내 눈앞에 있기만 하면 언제든지 나의 벗이 된다. 그러고 보면 나에게도 인간 아닌 대화 상대가 있기는 하다. 바로 책이다. 책을 펼치는 순간 저자와 속 깊은 이야기를 나누게 되니, 나 역시 벽을 보고 이야기하는 사람과 별반 다를 바 없다.

사람보다 사람 아닌 것이 더 사람다울 때가 있다. 번잡한 세속에 휩싸여 있다가 문득 내가 선 자리를 잊고 멍하니 앉아 있노라면, 내 손에 들고 있는 연필이 마치 나를 측은하게 쳐다보는 듯한 느낌을 받았던 적이 있다. 사람마다 경우는 다르겠지만, 주변의 사물이 사람처럼 내게 다가오는 듯한 경험은 누구에게나 있으리라. 글 쓰는 사람들이 사람 아닌 것을 등장시켜서 마치 사람인 것처럼 내용을 만든 작품들이 있다. 우리 문학사에서 가전(假傳) 문학이 대표적일 터이다. 술을 의인화하여 고려의 문인 이규보(李奎報, 1168~1241)는 「국선생전(麴先生傳)」을 썼고 임춘(林椿)은 「국순전(麴醇傳)」을 썼다. 고려의 스님 식영암(息影庵)은 지팡이를 의인화하여 「정시자전(丁侍者傳)」을 썼으며, 조선의 성리학자 김우옹(金宇顒, 1540~1603)은 사람의 마음을 의인화하여 『천군전(天君傳)』을 썼고, 송세림(宋世琳, 1479~?)은 남성의 성기를 의인화하여 『주장군전(朱將軍傳)』을 쓰기도 했다. 이처럼 사람들은 사람 아닌 것들에게서 사람의 모습을 찾아내서 의인화하는 즐거움을 누렸다. 우화(寓話) 소설은 바로 그러한 맥락 위에 서 있다.


## 스님과 호랑이 송사의 전말

최근 공개된 고전 소설 중에『승호상송기(僧虎相訟記)』가 있다. 아주 짧은 한 문 소설이다. 한문 소설이라기에는 민망하게, 쉬운 한문 구절에 현토가 되어 있 는 작품이다. 필사된 형식이나 표기로 보아 그리 오래되지는 않은 것으로 보인 다. 작품은 줄거리도 단순하고 전달하려는 주제 의식도 명확해서 여러 차례 읽어 볼 마음은 쉽게 들지 않았다. 그런데 이 작품이 내 눈에 들어온 것은 그것이 가지 고 있는 설화적 요소 때문이었다.

　『승호상송기』의 첫 페이지를 읽는 순간 나는 그때 읽었던 설화 한 토막이 떠올 랐다. 소설의 내용은 우리나라 전통적인 설화를 그대로 옮기다시피 한 것이었다. 물론 그대로 옮긴 것은 아니었지만, 중심 내용은 동일했다. 내용은 다음과 같다.

　작품에는 세 사람이 등장한다. 대구 팔공산 아래 우거(寓居)하는 '나'와 영북 (嶺北)에서 왔다고 하는 나그네, 그리고 이야기 속에 등장하는 금강산의 스님이 다. 글의 화자인 나는 우연히 자기 집에 들른 나그네를 만나 서로 기이한 이야기 를 좋아한다는 공통점을 확인한다. 밤이 되자 나는 나그네를 불러서 신기한 옛 이야기를 해 달라고 요청했고, 나그네는 옛날이야기가 아니라 요즘 이야기를 해 도 되냐고 묻는다. 그리고는 자신이 얼마 전 금강산 작은 암자에 묵게 되었을 때 암자의 스님에게 들은 이야기라고 한다.

　스님이 서른 살 무렵, 탁발을 하러 충청도 상선동을 지나고 있었다. 길가에서 우연히 함정을 발견했는데 그 안에는 호랑이가 빠져 있었다. 큰 호랑이는 울면 서 자신은 스님과 산속에서 함께 살았으니 이웃으로서의 정이 있다, 그러니 자신 을 구해주는 것이 이웃으로서 해야 할 도리라고 했다. 스님은 그 말에 호랑이를 꺼내 주었다. 호랑이는 밖으로 나오자마자 자신은 여러 날 동안 함정에 갇혀 있 어서 배가 고프니 스님을 잡아먹겠노라고 했다. 스님은 깜짝 놀라서 호랑이에게 은혜를 원수로 갚는 후안무치한 일이라고 말했다. 그러자 호랑이는 '굶주림과 추위가 심하면 염치를 돌아보기가 어렵다'는 옛말을 들어서 스님을 잡아먹어야

겠노라고 한다. 이에 스님은 자신의 목숨을 놓고 호랑이와 송사를 벌이게 된다.

제일 먼저 스님이 송사를 부탁한 존재는 바로 고목이었다. 스님은 오자서(伍子胥)와 범수(范睢)의 고사를 들어서 호랑이가 부당하다고 주장했고, 호랑이 역시 중국 고사를 들어서 자신이 박정하지만 어쩔 수 없다는 점을 주장했다. 이에 고목은, '천하에 은덕을 잊은 자로 사람이 최고고, 은혜를 저버린 자도 사람이 최고'라고 하면서 자신의 경험을 이야기한다. 고목은 인간에게 그늘을 제공하여 이로움을 주지만, 도리어 도끼로 찍히는 일을 당한다고 했다. 그러니 호랑이가 스님을 잡아먹는 것도 그리 이치에 어긋나는 것은 아니라고 판결한다.

스님은 다른 곳에 한 번 더 물어보자면서 늙은 소에게 송사를 부탁한다. 그러자 소는 스님을 잡아먹으라면서 이렇게 말한다. "임금과 부모를 버리고 산속으로 간 것은 인륜을 져버린 것이고, 가난한 사람들의 재물을 불공으로 탕진하게 만드는 것은 백성에게 폐를 끼치는 일입니다."

그러자 스님은 '세 번 생각하고 세 번 송사한다'라는 공자의 말을 인용하면서 마지막으로 한 번만 더 소송을 벌여보자고 부탁한다. 그리하여 산모퉁이를 지나다가 만난 늙은 토끼에게 판결해 달라고 한다. 소송 부탁을 받은 토끼는 호랑이가 집안의 조카라고 하면서, 실제 사건이 벌어진 곳으로 가서 땅의 형세를 보고 처분을 내리자고 한다. 호랑이는 토끼의 말대로 함정에 들어가서, 처음 스님에게 발견되던 때의 상황을 재연했다. 호랑이는 토끼를 숙부라고 부르면서 당시의 상황을 자세하게 설명했다. 그때 토끼가 스님을 데리고 얼른 그곳을 빠져나와 달아났다. 함정에 다시 빠진 호랑이는 살려달라고 울부짖었지만, 토끼와 스님은 뒤도 돌아보지 않고 달아난 것이다.

금강산에서 만난 스님의 이야기를 해 준 나그네가 떠나자, 팔공산 아래 살던 선비는 이 이야기를 기록하면서 그 의미를 이렇게 정리하면서 끝을 맺는다. "오늘날 배은망덕(背恩忘德)한 자를 경계하고 뒷날 공부하는 사람들로 하여금 화호불성(畫虎不成)에 이르지 않도록 하려는 뜻이다."

'화호불성'이란 호랑이를 그리려다가 도리어 개와 비슷하게 된다는 의미로, 뜻을 크게 가졌지만 그것을 이루지 못하고 남의 조롱을 받는 것을 말한다. 『후한서』에 나오는 말이다. 사실 화호불성을 이 이야기의 경계로 삼은 것은 딱히 이해되지 않지만, 배은망덕한 사람들을 경계하려 한다는 말은 충분히 수긍할 만하다.

## 인간의 삶에 대한 근본적인 의문

이야기를 좋아하는 것은 어쩌면 인간의 본능일지도 모르겠다. 목숨을 걸고 이야기를 하는 『아라비안나이트』부터 밤하늘의 별을 바라보며 듣는 할머니의 옛이야기에 이르기까지, 이야기는 사람을 상상의 무한 세계로 이끄는 매력을 가진다. 모든 이야기가 동일한 재미를 가지는 것은 아니다. 재미는 없지만 이야기 속에서 사람들의 삶을 바꿀 만한 계기를 함축하고 있는 경우도 있다. 그렇게 보면 이야기는 재미와 교훈이라고 하는 두 개의 축을 중심으로 구성되어 있다.

어떤 이야기든 재미와 교훈 사이에서 만들어지는 것이라면, 세상에 떠도는 이야기는 두 가지 측면을 모두 함축한다. 이런 입장으로 문학을 보는 것 중의 하나가 바로 문학당의설(文學糖衣說)이다. 작가는 독자에게 전달하고 싶어 하는 메시지가 있는데 그것만 문면에 내놓으면 독자는 재미가 없어서 읽지 않는다. 마치 쓴 약을 먹기 싫어하는 아이에게 쓴맛 바깥쪽으로 달달한 설탕을 덧입혀서 약을 먹일 수 있는 이치와 같다. 교훈적인 내용을 읽는 것은 어려워하지만, 재미있는 요소와 섞어서 이야기를 만든다면 독자는 지루함이나 거부감 없이 교훈을 받아들일 수 있다는 것이다.

당의설을 염두에 두고 생각해보면 우화 소설처럼 딱 맞는 것이 있을까 싶다. 물론 비인간인 존재가 마치 인간인 것처럼 대화도 하고 세상에 나와 활동을 하니 독자 입장에서는 신기하기도 할 것이다. 이야기가 전해주는 의미를 곱씹으면서 새삼스럽게 자신의 삶을 돌아보게 하는 힘이 있으니 이면에 함축된 의미가 독자들의 뇌리를 스친다. 짐승들이 나와서 스님과 스스럼없이 대화를 나누는 것도 신기한데 송사를 벌이면서 자신만의 논리로 상대방을 공박하거나 변호하는 모습은 더욱 신기하다. 이쯤 되면 독자는 동물의 세계를 통해 인간의 세계를 보여주려는 작자의 의도를 간파해 낸다. 심지어 작자는 작품의 말미에 자신이 생각하는 이야기의 주제를 요약해 놓지 않았던가.

『승호상송기』에서 스님을 공박하는 고목과 늙은 소의 주장은 당시 사회의 일반적인 생각이었을 것이다. 고목은 천 년 동안 자기가 드리우는 그늘에 쉬어가는 사람을 많이 보았지만 의로운 사람은 거의 없었다고 했다. 오히려 사람들은 자기 덕분에 시원한 휴식을 취해놓고도 마룻대를 한다고 윗가지를 잘라가고 채찍을 만든다고 가지를 잘라갔다. 심지어 어떤 스님은 땔감을 한다면서 도끼로 내리쳤다. 고목은 인간들의 행태에서 배은망덕의 전형을 봤다. 늙은 소 역시 마찬가지다. 가족 윤리를 거부하고 출가한 스님의 모습, 출가한 뒤 부유한 스승 아래에서 지내다가 스승이 늙으면 재물을 빼앗아 속세로 돌아오는 모습, 힘들게 일해서 모아놓은 재물을 불공 핑계로 빼앗는 요승(妖僧)의 모습 등을 나열한다. 이런 주장들을 읽으면서 독자는 자기의 삶을 반추하게 된다. 내 삶 속에서 어떤 배은망덕한 짓을 저질렀는지 혹은 저지르고 있는지를 돌아보는 것이다.

그에 비하면 토끼가 스님을 살려주는 것에는 특별한 이유나 설명이 붙지 않았다. 토끼는 호랑이를 함정에 다시 들어가도록 상황을 만든 뒤 스님과 함께 달아나는 것이 전부다. 토끼가 영리한 짐승으로 설화에 자주 등장하기도 하고(『별주부전』을 생각해보라), 호랑이는 토끼를 잡아먹고 사니까 토끼가 호랑이를 다시 곤경으로 몰아넣는 것이 이해되지 않는 것은 아니다. 그렇지만 거기에는 논리가 없다. 호랑이든 스님(으로 대표되는 인간)이든 서로 배신하는 존재이니 당장 자기에게 위협이 되는 존재를 피하려는 토끼의 잔꾀였을지도 모르겠다.

스님이라고 해서 호랑이나 늙은 소, 고목보다 도덕적으로 훌륭하다고 할 수 있을까? 스님이라고 해서 토끼보다 영리하고 위기 대응 능력이 뛰어날까? 작품을 읽는 동안 독자는 참 많은 생각을 했을 것이다.

설화의 이야기 구조를 그대로 가져와서 약간의 윤색(등장인물이나 액자 구조의 도입 등)을 거친 뒤 만들어진 『승호상송기』는 작품이라고 하기에 민망한 수준의 단순한 구조를 보인다. 그러나 잠깐이면 읽을 수 있는 짧은 작품을 통해서 내가 선 자리를 돌아보게 하는 힘은 다른 우화 소설과 동일한 강도를 가진다. 복잡한 구조 속에 여러 주제를 뒤섞는 것도 의미가 있지만, 짧은 분량 속에 하나의 주제만 담는 것도 그 나름의 강렬함을 지닌다.

우화 소설을 읽을 때마다 우리는 늘 이런 반성을 하곤 한다. "우리가 동물보다 도덕적으로 훌륭한 삶을 살아간다고 하는 생각은 착각이 아닐까?"

## 송사형 소설 『서대주전』의 의미

『승호상송기』 정도의 우화 소설은 설화에 가까워서 소설이 보여줄 수 있는 다양한 모습을 읽어낼 만한 요소가 거의 없다. 그렇지만 설화가 이러한 과정을 거쳐서 본격적인 우화 소설로 나아간다는 점을 생각하면 소중한 작품이 아닐 수 없다. 그렇다고 해서 『승호상송기』가 다른 우화 소설에 비해 일찍 창작된 것이라는 뜻은 아니다. 소설의 발달 과정을 감안하면 그렇다는 것이다. 다양한 형식의 작품들은 발달 과정과 관계없이 동시다발적으로 창작되고 향유되는 것이 일반적이다. 즉 a 다음에 b가 나왔더라도 세월이 흐르면 a와 b가 동시에 지어지고 향유되는 것이 문학사의 일반적인 현상이라는 것이다. 향가의 발달 과정이 4구체에서 8구체로, 다시 10구체로 발전했다 치더라도 4구체가 없어진 다음에 8구체가 나온다거나 4구체와 8구체가 사라진 뒤에야 10구체가 나오는 것은 아니라는 것이다. 창작 환경이나 작가의 선택에 따라 같은 시기에 4구체와 8구체, 10구체는 동시에 존재할 수 있다. 마찬가지로 설화의 형식에 가까운 우화 소설과 발달된 형식의 우화 소설은 동시에 존재할 뿐 아니라 그 순서가 뒤섞이기도 한다.

우리 문학사에서 우화 소설이 성황을 이룬 때는 19세기에 이르러서였다. 이야기를 좋아하는 인간의 역사에서 우화적 요소는 매우 일찍부터 등장한다. 신라 시대에 나온 설총(薛聰)의 「화왕계(花王戒)」는 꽃을 의인화하여 임금의 잘못을 간언했고, 고구려 감옥에 억류되어 있던 김춘추를 살린 거북이와 토끼 이야기를 담은 「귀토지설(龜兔之說, '구토지설'로도 읽는다.)」도 있다. 고려 후기에서 조선 초기에는 가전 문학이 한창 지어지기도 했다. 우리에게 널리 알려진 박지원(朴趾源, 1737~1805)의 「호질」도 여기에 속한다. 따라서 의인 소설과 우화 소설은 많은 부분에서 겹치는 개념이다.

우화 소설은 크게 두 가지 유형으로 분류된다. 쟁년형(爭年形)과 송사형(訟事形)이 그것이다. 등장인물이 잔치에 모여서 좌석을 정할 때 서로 상석에 앉으려고 논란을 벌이는 것이 쟁년형 우화 소설이라면, 어떤 사건을 놓고 재판을 벌이는 과정을 다룬 것이 송사형 우화 소설이다. 사슴이나 노루가 개최하는 연회에 여러 동물이 모여서 나이를 따지는 내용인 쟁년형 작품으로는 『두껍전』이 대표적이다. '섬동지전(蟾同知傳)', '녹처사연회(鹿處士宴會)', '노섬상좌기(老蟾上座記)' 등 다양한 제목으로 불리는 『두껍전』은 다양한 이본만큼이나 독자의 사랑을 많이 받았다.

앞서 언급한 『승호상송기』는 송사형 소설이다. 이 유형 중에서 널리 읽힌 작품은 『서옥기』, 『서대주전(鼠大州傳)』, 『황새결송』, 『까치전』 등이다. 우리에게 널리 알려진 판소리계 소설 『장끼전』도 따지고 보면 송사형 우화 소설의 형식을 가진다. 콩 한 쪽을 발견하고 얼른 먹으려는 장끼와 그 속에 독이 들어 있으니 먹지 말라고 말리는 까투리의 논쟁은 장소만 다를 뿐 전형적인 송사형의 구조를 따르고 있다. 작품의 이본에 따라 줄거리의 차이는 있지만, 그 예를 보이기 위해 한글본 『서대주전』의 줄거리를 짧게 요약해 보자.

다람쥐가 고을 원님에게 서대주가 자신의 식량을 훔쳐갔다고 고소를 한다. 이에 원님은 사람을 보내 서대주를 잡아오도록 한다. 관원들이 들이닥치자 서대주는 그들을 정중히 안으로 모신다. 서대주의 집안이 부유한 것을 본 관원들은 막대한 뇌물을 받고 서대주를 결박도 하지 않은 채 관청으로 데려간다. 시종들을 거느리고 화려한 옷을 입은 서대주는 감옥에 갇혔다가 이튿날 원님 앞에 선다. 그는 넉넉한 집안 사정과 함께 생사를 알 수 없는 자식 이야기를 하면서 자기가 다람쥐의 식량을 훔칠 이유가 전혀 없다고 결백을 주장한다. 이 말에 원님은 서대주를 풀어주고 다람쥐를 유배형에 처한다.[6]

쥐와 다람쥐가 등장하는 유형의 작품은 대체로 송사형 우화 소설의 기본 구조를 잘 보여준다. 이 작품의 이본은 상당히 다양한데, 그만큼 독자의 열렬한 호응을 받았다는 뜻이겠다. 이본에 따라 쥐와 다람쥐, 고을 원님 등 등장인물의 관계나 서사 전개 및 그 내용이 다르게 나타나기 때문에 어떤 작품을 대상으로 삼는가에 따라 작품의 의미도 달라진다. 그렇지만 흥미로운 점은, 어떤 이본이든 피해자가 오히려 형벌을 받는 내용으로 되어 있다는 것이다. 가해자는 대체로 뇌물을 주고 자신의 죄상을 감추며, 거기에 넘어간 고을 원님은 피해자를 처벌하는 데에 이른다. 위의 줄거리에서 볼 수 있듯이, 겉으로만 보면 부유하기 그지없는 서대주가 다람쥐의 양식을 훔칠 이유가 없다. 서대주의 이야기를 들은 원님이 그의 편을 들어서 판결을 내리는 것은 얼핏 그럴 수도 있으리라는 생각이 든다. 그러나 작품에서 다람쥐는 부지런한 성품으로 열심히 양식을 모아 집에 쌓아두는

---

6 한문본 『서대주전』에서는 양식을 훔친 주체가 다람쥐로 되어 있을 뿐 전체 줄거리는 비슷하다. 『서오전(鼠獄傳)』의 경우는 재물을 잃어버린 다람쥐가 범인을 쫓기 위해 노력하는 내용이 들어 있는데 마치 탐정의 활약 같은 느낌을 주기도 한다. 그만큼 많은 사람이 송사형 우화 소설을 읽고 즐겼다는 것이다.

캐릭터로 나온다. 그에 비하면 서대주는 자신을 잡으러 온 관원들에게 큰 뇌물과 함께 진수성찬으로 대접을 한다. 또한 관청으로 가는 모습도 가관이다. 화려한 치장으로 자신의 경제적 사정을 과도하게 보여줄 뿐 아니라 작품에서 열거되는 집안의 기물 역시 사치스럽기 그지없다.

독자는 서대주의 모습에서 우리 시대의 사회 상황을 읽어낸다. 조선 후기에도 부지런하게 살아가는 사람들이 돈 많은 토호(土豪)의 침탈을 받는 일이 비일비재했다. 그러니 작품을 읽으면 읽을수록 자신들의 시대를 그대로 반영하는 내용에 공감했을 것이다. 그들은 경제력을 손에 쥐고 지역의 유지 행세를 하며, 권력과 영합하여 또 다른 이익을 창출한다. 정상적인 경제 이익을 만들어낼 리 없다. 유전무죄(有錢無罪)요 무전유죄(無錢有罪)라는 말이 유행한 지 오래되었지만 여전히 우리는 이런 이야기에 고개를 끄덕이곤 한다. 조선 후기라고 해서 다를 것이 없었으리라.

『서대주전』에 등장하는 다람쥐나 서대주는 19세기 새롭게 등장하는 백성을 상징하는 것이었다. 조선 후기에 등장한 부유한 백성을 지칭하는 '요호부민(饒戶富民)'이 바로 이들이다. 그들은 자급자족할 수 있는 토지와 소를 소유하고, 때로는 빈민층을 고용하여 경작을 시키기도 했다. 그러한 과정을 통해서 경제적 부를 축적해 갔지만 동시에 수탈의 대상이 되기도 했다. 고을에 부임한 원님은 이들 계층을 대상으로 수탈을 자행함으로써 자신의 이익을 편취했는데, 그 과정에서 다양한 관계가 형성된다.

## 우화 소설의 계몽적 차원과 인간다움에 대한 사색

우화 소설은 근대 이후 국민 교육이 이루어지기 시작하면서 유용한 방식으로 활용되었다. 일제 강점기에 나온 교과서에 많은 우화가 등장한 이래 지금까지도

교과서에서 우화(혹은 우화 소설)는 심심찮게 발견된다. 그것은 동물의 행동과 대화를 통해서 인간의 도덕적 차원을 말하려는 노골적인 계몽 의식이 드러난 결과이다. 그 덕분에 이솝우화가 우리 주변으로 쉽게 들어왔는데, 우리는 짧은 우화 속에서 인간이라면 지켜야 할 덕목과 함께 삶의 지혜를 깨닫고는 했다.

애국계몽기가 되면 많은 우화 소설이 나타난다. 안국선(安國善, 1878~1926)의 『금수회의록』(1908)을 비롯하여 『승소밀봉(蠅笑蜜蜂)』(1908), 『금수재판』(1910) 등 많은 작품이 당시의 신문, 잡지 등에 발표된다. 이 무렵에는 이솝우화 역시 양계초(梁啓超, 1873~1929)의 번역으로 동아시아에서 널리 읽혔다. 이들은 대체로 동물의 입을 통해서 인간의 삶을 계몽적 어조로 역설했는데, 토론체나 연설체의 형식을 가지고 있었다. 그만큼 독자의 생각을 변화시키려는 당시 지식인의 의도를 반영시키기에 적절한 양식이었다.

우리가 당하는 치욕적인 비난 중에 '짐승만도 못한 놈'이라는 말이 있다. 동물 이야기를 읽노라면 우리 마음속에는 자연히 이런 생각이 피어오른다. "사람이 어떻게 짐승보다도 못하게 살 수 있겠는가?"

어찌 보면 인간이 짐승보다 더 뛰어나다는 말이 인간 중심의 편파적인 주장일 수 있다. 짐승도 그들 나름의 질서를 가졌을 텐데 우리가 모른다고 해서 마치 최소한의 도덕적 질서조차 없는 것처럼 착각하고 있을지도 모른다. 설령 우리의 도덕이 짐승에게 발견되지 않는다고 해서 짐승이 우리보다 못하다는 생각은 편견일 수 있다. 중요한 것은 인간이 인간답게 살아가려는 노력과 실천이 아닐까.

# 8권. 김학공전

金鶴公傳

# 복수는 나의 것
## ─작자·연대 미상의 『김학공전』

## 도망친 노비와 그를 쫓는 주인

도망간 노비를 쫓아다니는 양반의 이야기가 조선 후기에 회자된 적이 있었다. 실존 인물인지 알 수 없지만, 18세기 이후 야담집에 심심치 않게 등장하는 이야기가 꽤 있다. 노비를 쫓아 전국을 돌아다니는 주인 양반. 이러한 행위를 추노(推奴), 즉 노비를 추쇄(推刷)한다는 의미다. '도망한 노비나 부역, 병역 따위를 기피한 사람을 붙잡아 본래의 주인이나 본래의 고장으로 돌려보내던 일'이라는 사전적 의미가 있는 추쇄는 이야기의 맥락에 따라 다양한 모습으로 드러난다. 원래 양반은 자기 집에서 도망친 노비를 관아에 신고했고, 관청에서는 그런 노비들을 잡으러 다니는 추노꾼을 운용했다고 한다. 노비의 주인을 노주(奴主)라고 하며, 양반만이 노주가 되는 것은 아니다. 그러나 현재 남아 있는 근대 이전의 기록에서 노주는 대부분 양반이기 때문에, 양반과 노비 사이의 관계가 서사를 구성하는 중요한 고리다.

어떻든, 일이 많은 관청에서 웬만한 양반들의 요청을 성심껏 수행하기는 어려왔다. 도망간 노비가 어디로 갔을지 알기 어려웠을 뿐 아니라 설령 어디에 있다고 한들 병사나 추노꾼을 보내서 잡아오는 일도 쉽지 않았다. 사건 접수를 받아놓고도 세월아 네월아 기다리기 일쑤였으므로 노비를 잡아오기란 난망한 노릇이었다. 그래서 어떤 양반은 일부러 개인 재산을 투입하여 추노꾼을 고용하여 도망간 노비를 잡아오기도 했다.

조선 시대 신분제 안에서 노비는 독립된 인격체로 대우받지 못했다. 그들은 하나의 물건이었다. 유산을 상속하는 문서를 보면 토지나 집과 같이 노비들도 물건처럼 주고받는 존재였다. 생업에 종사하지 않는 양반 입장에서 노비야말로 농경 사회의 유일한 생산 수단이며 수입원이었다. 일상의 모든 수발을 들어주는 노비는 조선의 신분제를 굳건하게 버티는 힘이기도 했다. 그렇지만 그들도 인간으로서의 고민과 갈등이 없을 수 없었다. 더욱이 임병양란을 거치면서 조선 사회는 흔들렸고, 균열이 일어난 사회의 틈새를 통해 노비들은 새로운 세상을 엿보았다. 어떤 노비는 전란에서 공을 세워 면천(免賤)을 했고, 어떤 노비는 돈을 벌기도 했으며, 어떤 노비는 벼슬을 받기도 했다.

나라가 어려운 시절에 공을 세운 사람을 격려하자는 의미였을지는 몰라도 이들의 면천은 사회 변화에 새로운 힘을 제공했다. 양반들의 사회적 영향력이 더욱 두터워지는 점도 분명 있었겠지만 반면에 두꺼운 벽을 넘어서려는 다양한 시도도 꾸준히 나오기 시작했다. 무단히 야반도주하는 노비도 있었고 큰 잘못을 저지른 뒤 처벌이 두려워 도망치는 노비도 있었으며, 주인의 재산을 훔쳐서 도망치는 노비도 있었고, 심지어 주인집 여인을 보쌈해서 달아나는 노비도 있었다. 조선 말기로 가면서 이들은 먼 지방으로 가서 족보를 위조하고 신분을 세탁해서 양반 행세를 하며 살기도 했다. 이처럼 하나의 사회 현상으로 나타난 노비들의 도망은 이야기의 소재가 되었다.

# 반노를 찾아 복수한 김학공의 이야기

도망친 노비와 그 노비를 찾아 복수하는 주(主)-노(奴)의 복수담을 소재로 한 소설로 『김학공전』을 들 수 있다. 5종(필사본 4종, 활자본 1종)의 이본이 전하는 것으로 보아 조선 말기에 상당한 독자를 확보한 작품으로 보인다. 크게 두 부류로 구분이 되는데, 조선을 배경으로 한 계열과 중국을 배경으로 한 계열이 그것이다. 조선을 배경으로 하는 계열은 김학공의 고향이 강원도 홍천군 북면으로 되어 있고, 중국을 배경으로 하는 계열은 송나라 강주 홍천부 북면으로 되어 있다. 어느 계열이 먼저 형성된 것인지에 대해서는 의견이 나누어져 있는데, 학계에서는 조선을 배경으로 하는 계열이 먼저 나왔다는 주장이 제기되어 있는 상황이다.[7] 이 글에서는 중국을 배경으로 하는 『김학공전』을 대상으로 그 의미를 살펴보기로 한다.[8] 작품의 등장인물이 여럿이고 분량도 꽤 길기 때문에 줄거리를 요약하기가 쉽지 않다. 세세한 내용은 원전을 읽으면서 맛보기로 하고, 간략한 개요는 다음과 같다.

송나라 강주 홍천부 북면에 사는 김태는 대대로 벼슬을 한 명문가의 자손이었지만 슬하에 자식이 없었다. 어느 날 봄잠이 설핏 들었다가 웬 노인이 와서 연보산 운수암으로 가서 백일기도를 하면 자식을 얻을 것이라는 말을 듣는다. 정신을 차려보니 꿈이었다. 그러나 너무도 이상한 마음이 들어 즉시 좋은 날을 택해서 운수암으로 가서 백일기도를 올렸다. 덕분에 태기가 있어서 아들을 얻었으니, 이름을 학공이라고 지었다. 두어 해 뒤에는 딸을 얻어서 이름을 미덕이라고 지었다. 1남 1녀를 둔 김태는 행복한 만년을 보내고 있었는데, 홀연 병을 얻어서 세상을 떠난다. 이때 김학공의 나이는 다섯 살, 김미덕의 나이는 세 살이었다.

---

7  정준식, 「『김학공전』 연구의 성과와 과제」, 『한국민족문화』 제19집(부산대 한국민족문화연구소, 2001).

8  작자 미상, 최운식 옮김, 『김학공전』(지만지, 2009).

어린 두 아이를 데리고 사는 여인만이 집에서 살게 되자 노복들이 다른 마음을 먹게 되었다. 그중 박명석이라는 하인이 다른 하인들을 부추겨서 주인집 식구들을 죽이고 재물을 빼앗아 나누어 가지기로 했다. 우연히 그 모의를 들은 김학공의 유모가 마당에 땅을 파고 먹을 것과 노비 문서, 전답 문서를 넣고 어린 김학공도 그 안에 숨겼다. 모친은 딸을 데리고 유모와 함께 달아나다가 바닷가에 이르러 우연히 만난 동자의 배를 타고 겨우 목숨을 건진다. 이후 영월암의 광선 스님을 만나서 그곳에 거처한다.

하인들이 주인집 재산을 몽땅 털어 집을 불살라 버리고 달아났다. 이들은 계도섬이라고 하는 무인도로 들어가 신분을 숨기고 마을을 이루고 살았다. 탈취한 재산으로 배를 구입해서 무역을 통해 돈을 벌기도 했다. 하인들이 물러가자 뒷산에서 그들의 행패를 지켜보던 시비(侍婢) 춘섬이가 몰래 돌아와서 김학공을 꺼내서 달아났다. 두 사람은 방황하다가 잠이 들었다. 학공은 꿈에서 아버지에게 이름을 바꾸고 숨어다니라는 충고를 듣는다. 그는 자신의 이름을 '비란'이라고 바꾼 뒤 이리저리 떠돌다가 우연히 계도섬으로 들어가 빌어먹게 되었다.

그 동네에 김동지(同知)라는 사람이 있었는데, 김학공을 보고 범상치 않다고 느껴서 자기 집으로 데리고 갔다. 그러나 부인의 구박이 심해서 학공의 삶은 말이 아니었다. 김동지는 학공을 학당에서 공부하게 해주고 학공의 학식은 날로 늘고 얼굴은 관옥같이 아름다워졌다. 김동지는 부인의 강한 반대에도 불구하고 학공을 자신의 외동딸 별선과 혼인시켰다.

김동지는 사위 김학공이 방에서 무언가를 몰래 보곤 하는 것이 궁금했다. 어느 날 사위의 방에 몰래 들어가 그 주머니를 열어보니 그 안에는 여러 가지 문서와 함께 사위의 신분이 적혀 있는 종이가 들어 있었다. '홍천부 북면 김낭청(김태)의 아들 김학공'이라는 구절을 본 순간 그는 아득한 마음에 어쩔 줄을 몰랐다. 지금은 김동지로 불리지만 그가 바로 주인의 재물을 탈취한 하인 중의 한 사람이었기 때문이다. 그는 별선에게 사실을 말하고 울면서 발설하지 말도록 했다.

하루는 별선이 김학공에게 당신의 이름이 '비란'이 아니라 '학공'이라는 것을 이야기하면서 자신의 부친도 알고 있다는 사실을 말했다. 그런데 이 말을 우연히 별선의 어머니가 들었고, 취중에 발설하는 바람에 마을 사람들이 모두 알게 되었다. 사람들은 김학공을 잡아서 죽이려고 모의를 했다. 그 사실을 안 별선은 학공과 옷을 바꿔 입고 자신이 자루에 담겨서 잡혀간다. 사람들은 별선을 학공으로 알고 물에 던져 죽였으며 그 사이에 학공은 계도섬을 빠져나와 달아난다. 섬을 겨우 빠져나와 아내 별선이 싸준 짐을 풀어보니 그 안에는 절절한 마음이 담긴 유서가 들어 있었다. 죽은 넋이라도 후세에 다시 만나기를 바란다면서 자신을 잊지 말아달라는 내용이었다. 김학공은 통곡을 하고 나서 정신을 수습한 뒤 먼 길을 걸어 고향으로 돌아갔다.

학공은 돌아가신 부친의 황량한 묘소에 절을 한 뒤 길을 나섰다. 그러던 중 우연히 부친의 벗인 황승상을 만난다. 황승상은 자기 아들처럼 그를 돌봐주었고, 그곳에서 공부를 이어갈 수 있었다. 인근에 임감사라고 하는 부유한 재상이 김학공의 소문을 듣고 자신의 딸과 혼인을 시키려고 혼담을 넣었다. 그는 별선을 생각해서 거절했지만 황승상의 강권으로 결국 혼례를 치르게 되었다. 첫날 밤 비몽사몽간에 별선이 나타나 다른 여자와 혼인하는 것을 섭섭해하며 과거 시험이 있으리라는 소식을 전해준다. 그는 그 길로 과거 시험에 응시하여 장원 급제하고 황제의 총애를 받으면서 한림학사에 제수되었다가 이후 강주자사에 임명된다.

김학공이 강주로 부임하는 동안 그의 모친과 여동생은 영월암에서 거처하고 있었다. 모친의 꿈에 백발노인이 내일 점심 무렵 아들을 만날 수 있으니 기회를 놓치지 말라고 이야기를 해준다. 혹시나 하는 마음에 그는 영월암 스님들을 하직하고 딸을 대동한 채 마을로 내려와 어느 주점에 들었다가 꿈에 아들을 만나고, 김학공 또한 주점에서 쉬다가 꿈에 모친을 만난다. 또한 김학공의 꿈에 부친 김태가 나타나 주점에 모친이 있다는 말을 해준다. 이렇게 두 사람이 상봉한다.

모친과 여동생을 만난 김학공은 부친의 원수를 갚으려고 계도섬으로 들어간다. 그는 섬으로 들어가서 감색(監色)을 불러, '섬의 경치가 좋지만 인구가 적어서, 부역과 세금을 탕감함으로써 마을 사람들이 모여 살게 하도록 황제에게 건의를 했다'고 속인다. 그리고 날짜를 정해서 마을의 모든 사람이 모여서 기다리도록 했다. 학공은 다시 섬 밖으로 나와서 군대를 데리고 약속한 날짜에 섬으로 들어가서 사람들을 포위한다. 그런 후 사람들을 두 무리로 나눈다. 김동지를 비롯하여 다른 마을 사람들은 왼편으로 가게하고 나머지 사람을 모두 잡아들인다. 그리고 자신의 신분을 밝힌 뒤 사람들의 모든 재산을 몰수하고 죽인다.

원수를 갚은 뒤 별선을 생각하는 마음에 김학공은 함께 살던 방을 돌아본다. 이어서 별선이 빠져 죽었던 폭포 앞에 제물을 진설하고 그녀를 위해 제사를 올려준다. 여러 날 동안 절절한 제문을 지어서 치성을 드리는데, 하루는 물의 신령이 나타나서 별선 낭자가 착해서 다시 돌려보낸다는 말을 한다. 과연 김학공이 더욱 치성을 드리자 물속에서 별선의 시신이 떠오르더니 숨을 쉬면서 살아난다.

사건의 전말을 알게 된 황제는 세상에 다시없는 일이라면서 학공의 벼슬을 높여주었다. 김학공은 자기 가족을 위해 위험을 무릅썼던 유모와 시비 춘섬이에게 큰 사례를 했고, 모두 고향으로 돌아와 행복한 삶을 누렸다.

## 사적 욕망 추구가 만드는 비극

사건이 발생하고 피해자가 나오면 복수를 하려는 상대편이 생긴다. 고장난명(孤掌難鳴)이라고 했던가. 세상에 어떤 일도 단독으로 벌어지는 사태는 흔치 않

---

9  중앙 정부를 대신해서 업무를 처리하는 감관(監官)과 지방 감영이나 군아에서 곡물을 출납하고 살피는 색리(色吏)를 통칭하는 말이다.

다. 사건을 만드는 주체가 있으면 그것에 대응하는 객체가 있기 마련이다. 복수 담은 늘 복수를 하려는 자와 복수의 대상이 되는 자가 서로 길항(拮抗)하면서 긴장 관계를 만들어간다. 『김학공전』은 복수를 하려는 김학공과 복수의 대상인 박명석을 중심으로 구성된 노비 그룹이 있다. 물론 사건은 노비 그룹이 일으킨 것이다. 늦은 나이에 아들과 딸을 본 양반이 병으로 일찍 세상을 떠나자 어린 아들과 함께 집을 이끌어야 할 부인이 노비 그룹의 공격 대상이 된다. 작품에서는 노비들이 왜 주인집 사람들을 모두 죽이고 재산을 빼앗으려 했는지 표현되어 있지 않다. 만약 주인집 사람들이 노비들을 험하게 대했다면 그들의 반란이 명분을 가진다. 그러나 작품 속의 노비들은 그냥 재물에 눈이 어두웠을 뿐이다. 노비 그룹의 반란을 주도한 박명석은 이렇게 말한다.

"우리가 매양 남의 종노릇만 한단 말인가. 지금 상전이 부인과 어린아이뿐이라. 이때를 틈타 상전을 다 죽이고 세간 재물을 다 수탈하여 무인 계도섬에 가서 양반이 됨이 어떠한고?"

박명석의 발언은 참 흥미롭다. 그의 말에는 세 가지 논점이 압축되어 있다. 첫째는 인간으로서 어찌 남의 종노릇만 하면서 살아갈 것인가 하는 인간에 대한 실전적 고민이고, 둘째는 재물에 대한 욕심이며 셋째는 양반으로의 신분 상승을 꾀하는 것이다. 그의 말로만 보면 노비들의 반란은 충분한 명분을 가지고 있다. 어찌 보면 조선 후기 수많은 반노(叛奴)의 이유가 몇 줄에 압축되어 있다 해도 과언이 아니다. 인간답게 살고 싶고, 경제적으로 풍요로운 삶을 누리고 싶고, 사회적으로 차별을 받지 않는 것은 누구나 꿈꾸는 조건이 아니겠는가.

그렇지만 그의 말에는 기본적으로 문제가 내재되어 있다. 인간이라면 누구나 원하는 삶이라 해도 다른 사람에게 손해를 끼치면서 자신이 원하는 삶을 누리면 안 된다는 점이다. 내 삶을 위해 다른 사람의 삶을 파괴하는 것은 어떤 말로도 해명될 수 없다. 그렇게 치면 양반도 자신들의 편안함을 위해 노비의 자유를 빼앗은 것이 아니냐는 반문을 할 수 있다. 당연히 그 점도 비판해야 한다. 그러나 그 문제는 개인 대 개인 차원에서 해결될 수 있는 것이 아니다. 힘든 과정을 거쳐서 사회의 시스템이 바뀌어야 한다. 한두 가지를 고쳐서는 문제가 해결되지 않는다. 그러므로 박명석이 내걸었던 명분은 의로운 내용을 포함하고 있기는 하지만, 그 해결을 위해 어린아이들과 주인집 여인에게 희생을 강요해서는 안 되는 일이었다. 사회를 향해 외쳐야 하는 문제를 특정 개인에게, 그것도 약자에게 요구하는 것은 정당하지도 않을 뿐만 아니라 개인의 사적 욕망이 개재해 있다는 것을 의미한다.

이 말을 증명이라도 하듯 박명석이 노비 그룹에게 권하는 것은 계도섬이라는 무인도로 들어가 양반 행세를 하면서 살자는 것이다. 그것도 다른 사람의 재물을 탈취해서 호의호식하자는 말이다. 인간 실존에 대한 고민이나 자유 쟁취를 위해 떨쳐 일어나자는 것이 아니라 다른 양반처럼 자기도 양반으로서의 삶을 살자고 주장한다. 자신이 노비지만 양반으로 모습을 바꾸어 다른 사람을 노비로 부리는 삶을 살아가자는 것이다. 이런 점 때문에 박명석의 발언은 불의에 저항하기 위한 사회적 담론으로 나아갈 수 없다. 그는 자신의 욕망을 실현하기 위해 다른 사람의 사적 욕망을 부추기고 있는 것에 불과하다.

사적 욕망을 실현하는 과정에서 살인(중국 배경 계열 이본에서는 주인집 식구들이 모두 살아나지만, 한국 배경 계열 이본에서는 김학공의 모친과 여동생이 노비들에게 죽는 것으로 나온다.)이 일어났고 그 사건은 김학공의 복수를 부르는 일차적 계기가 된다.

## 천륜과 사랑 사이에서 죽음을 택한 별선

주인공이 복수를 완성하는 순간은 늘 독자에게 감동과 카타르시스를 준다. 독자는 그 순간을 위해 주인공이 얼마나 고난의 길을 걸어왔는지, 상대편 인물이 얼마나 주인공을 겁박하고 모함했는지 알고 있다. 그래서 복수가 이루어지는 순간은 독자의 감동이 집약되는 지점이 된다. 서사가 진행되는 동안 독자는 주인공과 함께 고난의 길을 걸어왔으며 그 과정에서 긴장과 분노가 고조되었기 때문에 복수의 순간 느끼는 카타르시스는 고난에 대한 보상 역할을 한다. 어쩌면 독자는 복수담으로 구성된 작품을 읽으면서 그 순간의 즐거움을 기대하는 것이리라.

『김학공전』이 복수담의 전형적인 구조로 되어 있기는 하지만 복수의 정도에서는 차이가 있다. 앞서 언급한 것처럼, 중국 배경의 이본에서는 모친과 여동생이 살아남아서 나중에 상봉하는 것으로 되어 있지만 한국 배경의 이본에서는 식구들이 모두 죽기 때문에 복수의 정도가 상당히 다르다. 식구들의 죽음이 잔인한 복수로 이어진 것이다. 반란을 주동한 하인 박명석을 죽인 뒤 그의 간을 꺼내서 씹는 행위를 비롯하여 복수의 잔인함은 우리 고전 소설 중에서도 심한 편에 속한다. 잔인함 때문에 연구자 중에서는 이 작품이 중국 소설을 번안한 것일지도 모르겠다는 의견을 제출한 적도 있다.

뜻밖의 고난, 조력자와의 만남, 힘을 기른 뒤 복수하는 구조는 복수담의 일반적 유형이다. 하지만 『김학공전』에서 힘을 기르는 주체는 대체로 김학공이다. 물론 어려움에 처해 있을 때 그를 도와주는 인물이 있지만 그래도 가장 중요한 주체는 김학공이다. 그에게 모친과 여동생을 죽인 원수(작품 말미에 가족이 상봉하기까지 김학공은 다른 식구들이 죽은 것으로 알고 있었다.)를 갚는 것은 지상 최대의 명제였다.

우리의 삶이 한 치 앞도 모른다는 거야 누구나 아는 사실이지만, 그에 걸맞게 김학공의 삶도 순조롭지 않았다. 김학공의 첫 결혼 상대자인 '별선'은 김동지의 외동딸이자 김학공의 생명을 구해준 은인이다. 김동지는 과거에 합격해서 동지 직첩을 받은 것이 아니다. 심지어 원래 신분도 양반이 아니었다. 그는 김학공

집의 하인이었던 것이다. 박명석이 반란을 선동하고 여러 하인이 거기에 가담했을 때 김동지 역시 가담하여 한몫 챙긴 뒤 계도섬으로 도망친 반노일 뿐이다. 그곳에서 신분을 감추고 김동지로 살아온 세월이 십 몇 년이었다. 그러다가 우연히 마음에 드는 총각을 만났고 아내의 반대에도 불구하고 사위로 삼았다. 옹서지간(翁婿之間)이 된 뒤에야 김학공이 숨겼던 문서를 발견하고 비로소 그가 주인집 도련님이라는 사실을 안 것이다.

김학공으로서는 참으로 어려운 상황을 맞았다. 사랑하는 아내의 아버지요 자신의 장인이 모친과 여동생을 죽이고 가산을 탈취한 사람 중의 하나라는 사실, 장인과 원수 사이에서 근심은 날로 깊어졌다. 그때 김학공의 신분을 알게 된 계도섬 사람들이 그를 죽이려고 다시 모의하면서 위기가 닥쳤다. 바로 그 순간 김학공을 위해 목숨을 던진 사람이 바로 별선이었다. 천륜과 사랑 사이에서 극심한 갈등을 겪었던 별선이기에, 죽기 전 남편에게 유언처럼 하직 인사를 하면서 절절한 마음을 표현했던 것이다. 김학공 역시 아내의 마음을 잘 알고 있기에 훗날 별선이 죽은 폭포 아래에서 제문을 애절하게 썼던 것이다.

피나는 노력을 해도 끝내 실패할 수 있는 것이 우리가 살아가는 현실이다. 절망을 딛고 새로운 희망의 역사를 쓰는 것은 소수에 불과하다. 주위를 조금만 둘러봐도 가슴 속에 억울한 사정을 품고 살아가는 사람이 얼마나 많은지 알 수 있다. 그들이 살아가는 삶의 원동력은 억울함일 수도 있고 그것을 딛고 넘어서려는 노력일 수도 있고 언젠가는 좋은 시절이 오리라는 희망 때문일 수도 있다. 그런 점에서 보면 남편 김학공을 위한 별선의 희생은, 부친과 남편 사이에서 갈등하던 처자가 결국 죽음에 이를 수밖에 없는 현실을 보여준다. 독사는 이 대목에서 별선에 대한 안타까움과 그녀를 죽음으로 몰아간 세상에 대한 분노를 느꼈을 것이다.

별선의 죽음에 대한 독자들의 깊은 탄식은 그녀를 다시 살리게 된다. 현실에서는 결코 있을 수 없는 사건, 죽음의 세계에서 다시 돌아오는 일이 소설 속에서 벌어진 것이다. 아내의 죽음으로 목숨을 건진 김학공은 복수를 한 뒤 별선을 위해 천도제를 지냈고, 온 마음을 다해 지은 제문을 읽는 동안 별선이 다시 살아난 것이다. 물속에 던져졌던 별선의 시신은, 몇 해가 지났지만 마치 살아 있는 사람처럼 떠올랐으며 얼마 뒤에는 숨을 쉬면서 그녀가 다시 이승으로 돌아왔음을 알린다. 부친에 대한 효성과 남편에 대한 사랑 사이에서 갈등하다가 죽음을 택한 별선이, 이제는 부친을 용서한 남편과 함께 살 수 있게 되었다. 김학공의 복수담은 집안을 몰락시킨 하인들을 징치(懲治)한 순간에 끝나는 것이 아니라 별선과 이승에서의 즐거움을 누릴 수 있게 된 순간에 완성되었다.

## 상상, 힘든 현실을 이기는 힘

누구나 살다 보면 억울한 일을 무수히 당한다. 현실에서 당하는 억울함을 극복하는 방법이야 많겠지만, 가장 분명하고 가슴이 후련해지는 방법은 제대로 복수를 하는 일이다. 우리 같은 범부 입장에서 보아도 사소한 복수는 늘상 있는 법이다. 내가 복수를 하기도 하지만 내가 복수를 당하기도 한다. 그러나 삶의 변곡점을 만들어 낼 사건이라면 복수는 참으로 난망한 경우가 많다. 복수를 하지 못한 상황이 내 현실을 억누르고 스트레스의 요인으로 작동할 때, 우리는 또 다른 방법을 만들어낸다. 바로 상상 속에서의 복수를 감행하는 것이다.

『김학공전』을 읽으면서 부친을 일찍 잃은 학공이 모친과 여동생과 헤어져 수많은 인생 곡절을 겪는 모습에서 우리는 깊은 연민과 분노를 느낀다. 그런데 현실적으로 그의 원수를 갚아줄 길은 보이지 않는다. 바로 이 순간 작자와 독자는 상상의 나래를 활짝 편다. 죽은 이를 살려내고 원수를 절묘한 곳에서 만나게 만들며 죽은 줄 알았던 가족이 신묘한 꿈으로 인해 만나는 것. 이런 상상력이 현실의 간고함에 어쩔 줄 모르는 수많은 필부를 힘차게 살아가도록 만들어주는 힘이었다.

소설보다 더 소설 같은 현실을 보면서 우리는 늘 소망한다. 모든 사람이 행복하게 살아가는 세상이 얼른 오기를, 상식이 우리의 생활을 예측할 수 있도록 해주기를, 먹고 살 걱정 하지 않고 설렘과 즐거움으로 가득할 수 있기를. 그러나 현실은 늘 아수라장이 되기 일쑤고 삶의 누추함은 끝이 없다. 소설이 주는 상상력은 현실의 어려움에도 희망을 잃지 말라며 슬며시 말을 건네는 마음의 벗이다.

# 9권. 북상기
北廂記

# 홍천에서 꽃핀 사랑, 나이를 뛰어넘다
— 동고어초의 『북상기』

## 귀중한 희곡 작품 유산 『북상기(北廂記)』

우리 고전 문학사를 살펴보면 분야에 따라 풍성함의 정도가 다르다. 풍성한 문학 유산을 보유하고 있는 분야도 있고 빈약한 분야도 있다. 그중 특히 빈약한 분야를 꼽는다면 단연 희곡일 것이다. 탈춤이나 판소리 같은 공연 예술이 희곡 분야의 공간을 채워주기는 하지만, 이들은 민중 사이에서 자연발생적으로 나타나서 세월의 흐름 속에 수많은 사람의 조탁을 거쳐 만들어진 것이므로 정해진 대본이 존재하지 않는다. 그것이 구비 문학의 특징이다. 대본이 없다는 것은 연행되는 상황에 따라 배우나 연주자의 대응 방식 및 노래의 내용이 부분적으로 달라질 수 있음을 전제로 한다. 이와 달리 희곡 작품은 대본에 의해 무대가 설치되고 배우의 대사가 정해져 있어서 연행 환경에 큰 영향을 받지 않는다. 전통적으로 우리 문학사에서 다른 분야에 비해 연극이 발달하지 못했다고 하는 것은 이런 맥락에서 말하는 것이다.

희곡 작품이 거의 남아 있지 않은 상황이기 때문에 문학사 서술에서도 이 분야를 제대로 드러내기가 어렵다. 현재까지 발견된 희곡 작품으로 근대 이전의 것은 세 편이다. 대부분 19세기 무렵 창작되었을 것으로 추정되는데, 이옥(李鈺, 1760~1815)의 『동상기(東床記)』(이덕무의 작품이라는 주장도 있음), 작자 미상의 『백상루기(百祥樓記)』, 동고어초(東皐漁樵)의 『북상기(北廂記)』가 그것이다. 『동상기』는 정조 때 있었던 사건을 배경으로 김도령과 신소저 사이의 결혼을 다룬 작품이고, 『백상루기』는 평안도 안주 지역에 있는 백상루를 배경으로 한양의 서생이 백상루에서 만난 기생 영혜와의 인연을 다룬 작품이며, 『북상기』는 강원도 홍천을 배경으로 낙안선생과 순옥이라는 기생 사이의 사랑을 다룬 작품이다.

근대 이전의 희곡은 대부분 중국 희곡의 체재를 받아들여서 창작되었다. 그러나 희곡에 사용되는 문체는 구어체인 백화를 근본으로 하고 있을 뿐 아니라 다양한 악곡이 가미된 시사(詩詞)가 다수 삽입되기 때문에 우리나라 문인들이 창작하기가 쉽지 않았다. 그것은 한자의 운(韻)에 정통해야 가능하고 다양한 형식의 악부 및 사(詞)에 능숙해야하기 때문이다. 게다가 이런 종류의 연극에 경험이 있고 민중이 환호할 만한 대중적 기호를 꿰뚫고 있어야 가능한 일이었다. 희곡을 창작하는 것은 조선의 문인들에게 사회적으로나 정치적으로 혹은 문화적으로 도움이 될 만한 요소가 없었다. 그러니 고전 문학사에 좋은 희곡 작품을 남기는 일은 드물 수밖에 없다.

## 『북상기』의 줄거리

홍천에 김순옥(金舜玉)이라는 기생이 그녀의 양어머니 봉래선(蓬萊仙)과 함께 살고 있었다. 열여덟 살 순옥의 기명은 초산운(楚山雲)으로 일찍 부모를 여의고 의지할 곳 없이 살다가 교방에서 기예를 배워 홍천에 소속된 관기가 된 것이다. 그녀의 신분은 천민이지만 언젠가는 남편을 만나 일편단심 곧은 절의를 지키고 싶어 했다. 봉래선의 성은 김씨, 원주 교방에 소속된 관기였는데 나이가 들어 홍천에 소속되어 세월을 보내고 있었다. 그녀의 남편은 장사를 하느라 어디를 떠도는지 모를 정도인데, 자식이 없던 차에 순옥을 수양딸로 삼아 서로 정을 붙이고 살아간다.

같은 동네에 김낙안(金樂安)이라는 선비가 살고 있었다. 홍천에서 세거(世居)하던 집안 출신으로, 여러 차례 진사시에 낙방한 뒤 과거에 뜻을 접고 책을 읽으며 검소하게 살아가고 있었다. 기생에 관심이 없고 거친 나물밥에 삼베옷을 입으면서도 늘 마음을 편안하게 가지기 때문에 주변 사람들은 그를 '낙안당(樂安堂)'이라고 부른다. 안빈낙도(安貧樂道)의 의미로 그렇게 칭하는 것이다. 낙안선생이 마침 회갑을 맞이하여 잔치를 열게 되었는데, 이를 축하하기 위해 홍천현감이 관기들을 대동하고 참석하게 된다. 거기서 낙안선생은 권주가를 부르는 순옥을 보고 첫눈에 반하게 된다.

자신의 회갑연에서 순옥을 만난 뒤부터 그녀의 모습이 눈에 아른거리는 경험을 한 낙안은 봉래선을 부른다. 그는 봉래선에게, 순옥이 자신을 위해 권주가를 불러준 것에 대해 감사의 인사를 하고 싶다면서 편지를 한 통 써서 준다. 봉래선이 순옥에게 전해주자 순옥은 그것이 연애편지라는 것을 알아채고 웃는다. 그러나 낙안의 속마음을 확정하지 못한 순옥은 다시 한시를 지어서 낙안에게 보낸다. 이렇게 시를 주고받은 끝에 낙안은 엿장수 할머니에게 봉래선을 불러오도록 하고, 봉래선은 결국 그에게 순옥을 소개해 주기로 한다.

노인의 연애질에 창피한 마음이 든 순옥이 말을 듣지 않자 봉래선은 낙안의 나이가 많다는 것 외에 어떤 문제도 없다는 것, 아들 하나만 낳아주면 든든한 의지처가 생긴다는 것을 들어서 순옥을 설득한다. 이에 순옥도 낙안을 만나보기로 한다.

드디어 두 사람이 만나기로 한 날 밤, 낙안은 순옥의 집으로 찾아간다. 이들은 그녀의 방에 술상을 놓고 마주 앉아 시를 주고받으며 정을 나눈다. 순옥에게 담뿍 빠진 낙안이 첫날밤을 제의하자 봉래선과 순옥은 극구 사양하면서 낙안의 맹세문을 요구한다. 맹세문을 받은 순옥은 당장 합방을 하자는 낙안의 요청에 길일이 아니라면서 하루를 미룬다.

애타는 마음으로 하루를 기다리던 낙안에게 날벼락 같은 일이 벌어진다. 순옥이 상의원(尙衣院) 침선비(針線婢)로 뽑혀서 한양으로 가게 된 것이다. 원주 감영에서 온 파발꾼은 빨리 원주로 가자면서 재촉을 한다. 놀란 마음을 진정하지도 못한 채 순옥은 길을 나서고, 그 소식을 들은 낙안은 어쩔 줄을 모른다. 황망 중에 쓴 순옥의 편지를 뜯어보고 낙안은 그 안에서 돈을 내고 순옥을 속량(贖良)할 방도가 있음을 눈치 챈다. 봉래선은 3, 4백 냥이면 속량을 할 수 있다고 하면서, 순옥이 모아둔 돈 150냥이 화장대에 들어 있지만 나머지 150냥을 구할 수 없다면서 안타까워한다. 낙안은 마침 자기가 전답 도조를 받은 150냥이 있으니 그것을 합쳐서 속량을 해보자고 제안한다.

봉래선은 자신의 이질 김약허(金若虛)를 불러서 3백 냥을 주고 순옥의 속량을 주선해 달라고 부탁한다. 침선비의 출납은 상의원 집리(執吏)의 손에 달렸는데, 김약허는 자기 고모의 시숙이 집리 자리에 있다고 한다. 낙안은 늙은 종 오유(烏有)를 보내서 김약허를 돕게 한다. 김약허와 오유는 인맥을 총동원해서 곳곳에 돈을 뿌리고, 그 덕에 순옥은 한양으로 가기 전에 풀려나서 홍천으로 돌아온다. 순옥은 낙안을 만나고, 드디어 운우의 즐거움을 맛본다.

두 사람이 매일 즐겁게 지내고 있을 때, 이양진(李養眞)이 홍천으로 귀양을 온다. 그는 한양 출신으로 무과에 급제한 뒤 장단도호부사(長湍都護府使)를 지내다가 이곳으로 귀양을 온 것이다. 그는 거처하는 집주인으로부터 봉래선을 소개받아 그녀의 음악과 기예에 감탄하고 쌍륙(雙六)을 하면서 친해진다.

어느 날 이양진은 낙안과 내기 바둑을 두게 된다. 두 사람은 담배 5백 근을 걸고 문서까지 작성한다. 1승 2패로 낙안은 내기 바둑에서 졌고, 그에 따라 담배 5백 근을 사서 이양진에게 주려고 했다. 그런데 담뱃값이 두 배 이상 폭등한 상태라 집안의 재산을 정리해도 금액을 감당하기 어려울 뿐 아니라 돈이 있어도 물건을 구하기가 어려워졌다. 낙안과 순옥은 서로 궁리를 하다가, 이양진의 만류에도 불구하고 신의를 지켜야 한다면서 담뱃값 대신 순옥을 이양진에게 보내기로 한다.

정작 이양진은 봉래선과 순옥, 낙안 세 사람의 관계를 전혀 모르는 상태였다. 그는 흔쾌히 순옥을 받겠다고 했지만, 정작 놀란 것은 봉래선이었다. 이에 봉래선은 이양진을 꾀어서 하룻밤 인연을 맺은 뒤 자신의 딸이 순옥이며 낙안과 이미 결연(結緣)을 했다는 사실을 실토한다. 이양진은 봉래선과의 인연이 소중하며 당연히 순옥을 거절하겠다고 말한다. 다만 봉래선은 낙안을 놀라게 하자면서 서로 모의하여, 이양진이 순옥을 노비로 데리고 간다면서 이별하는 자리를 마련한다. 그 자리에서 낙안은 순옥을 눈물로 이별한 뒤, 술에 취해 봉래선이 이끄는 대로 북상(北廂)으로 가서 자리에 쓰러진다. 한밤중에 목이 말라 봉래선에게 물을 달라고 부탁을 했는데, 뜻밖에 순옥이 나타난다. 어리둥절해 있는 낙안에게 순옥은 이양진과 봉래선이 이런 자리를 마련했다고 알려준다. 내기 바둑은 애초에 장난으로 시작했으니 끝맺음도 이런 장난으로 마무리를 해야 한다는 이양진의 말도 전한다. 이렇게 한바탕 웃음으로 모든 일이 끝나고 두 사람은 다시 다정한 사이로 돌아간다.

## 지역 공간을 배경으로 한 조선 후기 문화의 묘사

남녀 간의 사랑 이야기는 동서고금을 막론하고 서사의 좋은 소재였다. 사람마다 하나쯤은 사랑 이야기를 간직하고 있기 때문에 연애담은 시대에 따라 다양하게 변주되어 마음에 감동을 던져준다. 희곡이든 소설이든 역시 서사의 풍성함이 재미를 불러일으키는 법이다. 그 서사에 더해 등장인물의 성격이나 심리 묘사, 대사의 쫀득함, 문장의 유려함 등이 소설이나 희곡의 흥미를 가중시킨다. 적어도 내게는 그렇다. 그런데 작품에 대한 몰입을 배가시키는 요소가 있다. 바로 내가 잘 알고 있는 지역을 배경으로 하는 경우다. 서사가 좀 단순해도 등장인물이 오가는 곳을 내가 잘 알고 있다면 작품을 읽는 재미가 정말 크다. 내가 알고 있는 지역이 작품을 읽을 때 구체적인 상상력을 자극하기 때문일 것이다.

그런 점에서 보면 『북상기』의 장점으로 우리는 먼저 강원도 홍천이라는 지역을 구체적으로 반영한다는 점을 꼽을 수 있겠다. 한 지역의 실제 공간을 작품 속으로 옮겨옴으로써 등장인물의 동선이 사실적으로 짜였다는 점, 그 공간이 내가 알고 있거나 살아가고 있는 현실 공간과 다르지 않다는 점을 아는 것만으로도 독자의 몰입은 급상승하기 마련이다. 게다가 인근 지역에서 널리 알려진 사건이나 인물을 작품 속으로 가져온 것을 보면 작가의 홍천 경험이 그저 상상력에 의존하지 않았다는 것을 확인할 수 있다. 설령 홍천을 잘 모르더라도 실제 존재하는 지명을 읽으면서 작품의 현실적 구체성을 높이는 심리적 효과를 얻을 수 있고, 홍천을 아는 독자라면 그 구체성이 주는 몰입이 상상을 초월한다.

홍천현의 중심부를 배경으로 하는 『북상기』는 홍천의 대표적인 정자인 범파정(泛波亭)에서 잔치도 하고 홍천 관아가 등장하기도 하며, 홍천 외곽에 있는 고개인 삼마치가 등장하기도 하고, 이양진이 봉래선의 자태에 감탄하면서 치악산 정기가 홍천의 기생들에게 모였다고 말하는 등 지명을 활용하면서 홍천이 자연스럽게 작품 전편에 스며 있도록 한다. 그 와중에 작품은 지역성을 바탕으로 인물의 행동이 사실성을 띠도록 도와준다.

『북상기』에는 뜻밖의 인물이 등장한다. 바로 전계심(全桂心)이라는 기생이다. 조선 후기 춘천의 기생이었던 전계심은 원래 17세가 되던 해에 춘천부사 김처인의 후실로 가게 된다. 그런데 김처인이 춘천을 떠나면서 계심을 춘천에 남겨둔다. 세월이 흘러도 소식이 없는 사이 계심의 집은 생활고로 어려워져갔다. 어쩔 수 없이 그녀의 모친이 한양으로 보내려 했는데, 이때는 이미 김처인의 아이를 잉태한 때였다. 한양의 많은 남성이 엿보았지만 그녀는 목숨을 걸고 절의를 지켰다. 그러나 폭력에 의해 절의가 꺾였고, 이에 계심은 스스로 목숨을 끊었다. 계심은 이런 사실을 모르고 있던 김처인의 꿈에 처참한 모습으로 나타나 춘천으로 자신을 데려가 달라고 하소연한다. 김처인은 계심의 시신을 춘천으로 옮기고 소양강이 바라보이는 기슭에 묘를 썼다. 지금도 춘천 소양정 옆에 '춘기계심순절지분(春妓桂心殉節之墳)'이라고 쓴 비석이 있으며 그녀의 사적은 비석의 뒷면에 자세히 서술되어 있다.

순옥이 상의원 침선비로 뽑혀서 한양으로 간 뒤 봉래선이 낙안에게 도움을 요청하면서, '어르신이 자신을 버리지 않고 도와주신다면 지하에 있는 춘천 기생 계심이를 따라가지 않아도 된다'는 말을 한다. 이러한 말을 통해서 계심이라는 인물이 춘천과 홍천 인근에 널리 알려졌으며, 기생으로서 절의를 지켜 목숨을 버린 전형으로 인식되고 있음을 알 수 있다.

작품을 읽다 보면 우리는 뜻밖에 19세기 당시 풍류방이 호화로웠다는 것을 알 수 있다. 홍천 관아 소속 관기(官妓)가 호화로운 생활을 했다기보다는 관기의 생활을 묘사하면서 당대 최고 수준의 호사스러운 환경을 보여주는 것이리라. 낙안이 순옥의 방을 처음 방문했을 때 방의 모습을 묘사하는 대목 중의 한 부분을 보자.

침방 뒷면에는 두 짝의 장지문이 있고 중간에 청사(靑絲) 모기장을 비스듬히 말아 올려놓았다. 앞면에는 난간머리에 푸른색의 가는 상수 대나무 발을 걸어놓았고, 발 안에는 능화무늬로 치장한 분합 사창(紗窓)이 반은 열리고 반은 닫혀 있다. 창 안에는 가래나무 무늬목과 화리목(花梨木)으로 치장한 붉은 시렁이 있고 시렁은 대방규벽(大方圭璧) 푸른색 포갑에 상아 찌를 꽂은 책들이 한 질 한 질 자리를 잡았다. 시렁 옆에는 자단(紫檀) 재질에 거북이 무릎을 꿇은 모양의 교자상 하나를 놓았고, 상 왼편에는 오래된 구리 꽃병과 벽옥 단지를 안치했다. 단지에는 인조 사계화 두 송이를 심어놓았고, 꽃병에는 공작새 깃털 여섯 개를 꽂아놓았다. 상 오른편에는 반죽(斑竹) 석가산(石假山) 필통이 있어 각색 화전(花箋)을 비스듬히 꽂았다. 필통 옆에는 무회목(無灰木)으로 치장한 벼루집을 하나 놓았다.[10]

이런 투의 묘사가 작품 곳곳에 실려 있어서 화려한 장소를 상상하며 읽어낼 수 있다. 만약 작품을 연극으로 상연한다면 무대 장치를 전혀 고민 없이 구성할 정도로 치밀하면서도 화려한 묘사를 선보인다. 그런데 글의 내용을 꼼꼼하게 살펴보면 홍천현의 관기가 감당할 수 있는 수준의 살림살이가 아니다. 게다가 이 방의 풍경은 기생의 방이라기보다는 호사를 한껏 뽐내는 선비의 방이라고 해도 믿을 정도다. 게다가 순옥이 낙안을 대접하기 위해 내놓은 음식 목록 역시 깜짝 놀랄 수준이다.

큰 왜홍앙합(倭紅印榼)을 들고 나오는데 쟁반에는 작은 칼 하나를 놓았고, 송절주(松節酒) 한 단지, 영계찜 세 마리, 쌍둥이젖 한 사발, 삶은 돼지 몸통 한 덩이, 강분청수면(薑粉淸水麵), 조화백설고(棗花白雪糕), 가늘게 썬 금린어 회, 잣으로 만든 과자, 과일은 달고 시큼한 것을 진열하였고, 채소는 향기롭고 부드러운 것을 다 갖추었다. 국화를 새기고 다리가 긴 동래산(東萊産) 둥근 소반에 연꽃 모양의 작은 제주도 굴껍질 술잔이다.[11]

10  동고어초, 안대회·이창숙 역주, 『북상기』(김영사, 2011), 61쪽.
11  동고어초, 안대회·이창숙 역주, 『북상기』(김영사, 2011), 65쪽.

이러한 묘사는 아마도 19세기를 대표하는 최고의 음식을 종류별로 나열함으로써 낙안을 대접하는 순옥의 마음이나 정성을 그대로 표현하려는 의도였을 것이다. 그렇지만 음식들은 이름만 들어도 귀한 음식이라는 느낌이 물씬 풍긴다. 양반은커녕 일반 백성들로서도 쉽게 접할 수 없는 메뉴들이다. 어쩌면 책에서나 볼 수 있는 음식일 터, 작자는 호화로운 상차림을 선보임으로써 순옥이 낙안을 처음 대접하는 자리를 얼마나 신경 써서 마련했는지 드러낸다.

## 오백 년 조선 왕조의 금기를 깬, 19세기 사랑의 풍속도와 그 의미

작품을 읽다 보면 쉽게 이해가 되지 않는 부분이 없는 것은 아니다. 우선 순옥이 어째서 낙안과의 인연을 쉽게 허락했는지 설명이 부족하다. 기생으로서의 순옥이 여성으로서의 절의를 지키면서 한평생 살아간다는 것은 조선 사회에서 불가능하다. 조선의 여덟 종류 천인 '팔천(八賤)'에 속하는 기생 신분이기 때문에 온갖 허드렛일은 물론 성적인 일에서도 자유롭지 못하다. 그런 처지를 잘 알고 있는 순옥으로서는, 차라리 소실일지언정 양반가로 들어가 한 남자를 섬기며 한평생을 살아가고 싶었을 것이다. 그런 마음은 충분히 이해되지만, 그렇다고 해서 왜 낙안선생을 선택했는지 의문은 남는다.

낙안은 낙방서생 신분으로 홍천에서 그저 그렇게 살아가는 양반이다. 게다가 나이도 예순 살이나 된다. 작품에서 회갑연을 벌이는 대목이 나온다. 그에 반해 순옥은 어여쁜 용모를 자랑하는 열여덟 살 처녀다. 기생이라고는 하지만, 강원도 교방(敎坊)에서 첫손 꼽히는 최고의 기예를 자랑한다. 소녀와 노인 사이라고 해서 사랑하지 말라는 법은 없지만, 그래도 어떤 계기는 있어야 할 것 아닌가. 아무런 계기도 없이 두 사람이 사랑에 빠지는 것은 쉽게 이해할 수 없다.

군이 맥락을 이해하자면 이렇다. 여성에 대해 아무 관심 없이 늙어가던 낙안은 홍천현감이 열어주는 자신의 회갑연에서 아리따운 순옥을 보고 첫눈에 반한다. 그녀에게 편지를 보내 뜻을 전했지만 순옥은 별로 마음이 동하지 않았다. 순옥은 낙안이 과연 자신을 기생으로 대할 것인지 아니면 여성으로 대할 것인지 확신하지 못해서 고민을 한다. 그렇게 한두 차례 더 편지를 주고받은 뒤에 봉래선의 권유에 따라 한 번 만나보기로 한다. 아이를 낳아주고 잘 살면 그뿐이지 나이가 무슨 상관이냐는 봉래선의 말이 순옥을 낙안에게 이끈 것이다.

낙안은 사적으로 만난 첫날부터 합방을 시도했지만 순옥은 은근히 거절한다. 거기까지는 순옥의 마음이 아직 낙안에게 완전히 기운 것은 아니다. 그런데 급작스럽게 침선비로 뽑혀서 한양으로 가게 되고, 그 일을 해결하기 위해 낙안이 큰돈을 내놓고 사람을 시켜 백방으로 침선비에서 빼주려고 노력하는 과정을 겪으면서 순옥의 마음이 완전히 낙안에게 넘어갔다. 그녀는 낙안이 자신을 한 여성으로서 대해준다는 생각을 한 것으로 보인다.

순옥이 침선비 명단에서 완전히 빠져서 홍천으로 돌아온 후 두 사람의 관계는 급격히 가까워진다. 특히 이들의 육체적 관계가 가까운 관계를 들어내는 지표로 활용되면서 작품은 아주 야한 방향으로 흘러간다. 남녀 간의 문제는 당사자도 알지 못하는 경우가 허다하기 때문에 순옥과 낙안 사이의 애정이 갑자기 불타오른 이유를 논리적으로 말하기는 어렵다. 그렇지만 두 사람의 사랑이 근대 이전 남녀 간의 문제와 약간 달라진 지점이 있는 것은 분명해 보인다.

남녀 간의 사랑이 호기심에서 측은함과 동정으로 발전하고, 상대방을 위해 행동하는 것으로 나아간다. 그 과정에서 애정이 싹튼다. 순옥과 낙안은 이런 과정을 통해서 두 사람의 사랑을 만들어간다. 그런데 애정을 확인하고 실천하는 가장 큰 방법이 운우지락(雲雨之樂)을 누리는 것이었다. 물론 그들 사이에 육체적 사랑과 정신적 사랑의 경계를 구분하는 것은 어렵다. 그러나 작품 전편에 흐르는 가장 큰 부분은 육체적 사랑이다. '미성년자 독서불가' 수준의 강한 육체성이 작품 곳곳에 등장하여 두 사람 사이의 밀접한 관계를 증언한다.

두 사람의 애정이 강렬한 육체적 접촉을 통해서 전달되기 때문에 『북상기』를 읽는 독자나 연극을 보는 관객은 두 사람의 애정이 어떤 의미가 있는 것인지 고민하기가 어렵다. 여기서 보이는 육체성은 중세 조선이 견지하고 있던 정신적 사랑의 관념성을 비판하는 위치에 서 있다. 이는 18세기 사설시조가 보여주는 육체성과도 일정 부분 맥락을 같이 한다. 근엄한 선비라고 해서 왜 육체적 관계를 맺지 않았겠으며, 기생과의 연분이 왜 없었겠는가. 그러한 육체성을 바탕에 깔고 있다 하더라도 그들이 만들어가고자 했던 이상적 남녀 관계는 관념적이고 순수한 이념의 세계였던 것이다. 인간의 감정에 뿌리를 내리고 있는 육체성은 개인과 주변 상황, 매 순간 닥치는 맥락에 따라 엄청난 변화의 편폭을 보인다. 인간의 이성으로 쉽게 통제할 수 없는 육체성은 어쩌면 논리적으로 해명하기 불가능한 지점에 있는 것이리라.

성리학적 이성으로 해명할 수 없는 육체성은 당연히 조선의 사대부 사회에서는 배척의 대상이 된다. 칠정(七情)의 가장 밑바닥에 위치한 것으로 보이는 남녀 간의 애정은 육체성을 동반하면 할수록 인간의 민낯을 드러내기 마련이다. 그 마지막 지점에는 인간으로서 최소한의 조건도 던져버린 채 수컷과 암컷의 교미와 전혀 다를 바 없는, 말하자면 동물적인 육욕의 세계만 존재하는 곳이다. 인간과 동물 사이의 차이가 사라진 순간을 보는 것이다. 조선의 사대부는 그 지점을 단호하게 거부하고, 인간의 본능을 강력하게 제어하는 예(禮)의 논리를 인간의 몸과 마음에, 공동체와 국가에, 천하에 실현하고자 했다. 그렇게 성리학이 꿈꾸는 세계를 만들고자 했다. 당연히 육체성은 거세되고 인간의 순수하고 전일(專一)한 정신만이 남아야 했다.

그러나 18세기 이후 사람들은 성리학적 이성으로 무장된 인간의 질서야말로 인간의 본성을 억누르는 이데올로기라는 점을 자각하기 시작했다. 강고한 성리학적 예교(禮教)에 의문을 제기하고 그것이 만든 리(理)의 세계에 균열을 내기 시작했다. 그 선봉에 육체성을 새롭게 발견하는 시각이 자리하고 있었다. 『북상기』는 새로운 시대로의 변화를 드러내는 육체성을 가장 적나라하게 보여주는 샘플이라고 할 수 있다.

## 중국 문학의 수용과 창조적 발현

이 작품은 원나라를 대표하는 왕실보(王實甫)의 명작 『서상기(西廂記)』와 그것에 아주 흥미로운 평비(評批)를 붙인 명나라 김성탄(金聖嘆)의 '제육재자서(第六才子書)' 『서상기』의 영향을 강력하게 받았다. 조선 후기 들어서 김성탄의 판본이 널리 수용되어 읽히면서 우리 서사문학에 많은 영향을 끼쳤는데, 특이하게도 희곡 분야의 작품이 조선에서는 크게 창작되지 못했다. 그런데 『동상기』, 『백상루기』와 함께 『북상기』가 새롭게 발견되어 소개됨으로써 19세기 우리 문학사에 귀중한 유산이 추가된 것이다. 이 문제는 워낙 복잡한 문제여서 이 글에서는 다루지 못하지만, 중국의 문학적 사조가 조선 문학의 발전에 어떻게 긍정적으로 작용했는지를 잘 보여주는 작품이다.

강원도를 배경으로 창작된 근대 이전의 문학 작품 중에서 『북상기』만큼 흥미로운 작품을 찾기는 어려울 것이다. 홍천의 구체적인 지명과 장소를 곳곳에 배치하여 사실성의 농도를 짙게 만들고, 거기에 열여덟 소녀 기생과 환갑을 맞은 노인 선비의 애정 행각을 그린 이 작품은 단박에 읽어나가게 하는 대중성을 가지고 있다. 작품은 두 부분으로 나누어지는데, 결연을 방해하는 침선비 소동을 해결하기 위해 돈을 마련하고 사람을 보내 빼내오는 전반부의 내용과, 순옥을 걸고 내기 바둑을 두었다가 패해서 곤욕을 치르는 낙안의 이야기가 실려 있는 후반부의 내용이 모두 사람들의 눈길을 사로잡는다.

외설에 가까운 육체성을 무기로 강렬한 대중성을 확보한 『북상기』는 조선 후기 문화의 가장 화려한 부분을 구체적으로 보여준다는 점, 당시의 풍속에 대한 상세한 묘사를 동반한다는 점, 춘화(春畵)와도 같은 남녀 간의 놀이를 거침없이 표현했다는 점, 중국의 희곡 문화를 수용하면서도 조선의 환경에 맞추어 새로운 희곡 전통을 만들어냈다는 점 등을 생각할 때 우리 문학사에 길이 빛나는 명편으로 꼽아도 손색이 없다.

# 10권. 남궁선생전

南宮先生傳

# 불멸과 죽음 사이를 생각하다
## ―허균의 「남궁선생전」

## 허균의 한문 소설 작품들

영원한 생명에 대한 환상은 인간의 유한한 생명을 자각하는 순간 탄생하지 않았을까. 자신의 의지로 태어나지 않았듯이, 모든 생명체에게 허락된 공평한 조건은 아마도 죽음이 유일한 것이 아닐까 싶다. 태어난 생명은 언젠가는 죽는다는 사실은 참으로 다양하게 변주되면서 인간의 철학사를 풍성하게 만들어왔다. 우리가 살아가는 현실이, 이 몸이, 주변의 사랑하는 존재들이 결국은 나의 죽음과 함께 사라진다는 것은 얼마나 큰 충격이며 슬픔인가. 넘을 수 없는 죽음의 벽을 대하는 인간의 태도는, 아무리 화려한 수사를 덧붙인다 해도 세 가지로 요약된다. 죽음을 담담하게 받아들이거나 죽음을 초월할 수 있다고 여기거나 혹은 그것을 외면하고 살아가는 것이다. 어떤 방식이든 인간에게 죽음은 태어나는 순간 누구에게나 주어진 기본적인 숙명이다.

인류의 역사에서 죽음을 넘어서 영원한 생명을 얻을 수 있으리라는 희망은 어느 곳에서나 존재했다. 종교의 형태로든 철학적 사유의 형태로든 다양하게 변주

되기는 했지만, 그것은 늘 죽음을 두려워하는 인간에게 실낱같은 희망으로 작동했다. 짐짓 죽음에 대하여 무심한 것처럼 행동하지만 마음 깊은 곳에서는 영원한 생명을 얻고 싶은 욕망이 마그마처럼 꿈틀거리고 있기 때문이다.

동아시아의 역사에서 죽음을 넘어 영원한 생명을 얻을 방도를 마련한 곳은 바로 도교였다. 이와 관련된 여러 종교나 철학적 사유가 있기는 하지만, 도교야말로 죽음을 넘어서고 싶은 인간의 욕망을 극대화한 대표적인 종교요 철학이었다. 그것은 '불사(不死)의 신화'라고 지칭될 만큼 오랜 전통을 자랑한다. 도교가 워낙 방대한 분야에 걸쳐 있기 때문에 모든 도교적 경향이 불사의 경지를 추구한다고 할 수는 없다. 그러나 신선술을 중심으로 하는 여러 방술들에는 분명 죽음을 넘어서려는 노력을 앞세워 수행하는 경향이 존재했다. 그 경향이 우리나라 사상사 혹은 종교사에도 명확하게 보이며, 그 일부가 고전 소설에 깊이 들어와 흥미로운 성과를 보였다.

우리 문학사나 철학사에서 김시습(金時習)과 허균(許筠, 1569~1618)이 도달한 성과를 대표적으로 내세울 수 있을 것이다. 그중에서도 도교적 수행을 소재로 하는 작품을 쓴 허균의 성과는 주목할 만하다. 그는 『홍길동전』 외에도 다섯 편의 한문 단편을 남겼다. 「엄처사전(嚴處士傳)」, 「손곡산인전(蓀谷山人傳)」, 「장산인전(張山人傳)」, 「남궁선생전(南宮先生傳)」, 「장생전(蔣生傳)」이 그것이다. 그중에서도 뒤의 세 편은 도교적 세례를 듬뿍 받은 명편이다. 그중에서도 「남궁선생전」이야말로 도교적 사유와 인간적 고뇌가 교직하면서 만들어 낸, 우리 고전 소설사에 길이 빛나는 작품이다.

## 땅 위의 신선 남궁선생을 만난 내력

남궁두(南宮斗)는 전라도 임피(臨陂) 사람이다. 집안이 벼슬을 즐기지 않았지만 남궁두만은 과거 공부를 하여 1555년 사마시에 합격했고 이어서 성균관시에 합격하여 이름을 날렸다. 그는 한양에 집을 구해서 벼슬할 계획을 준비했다. 당시 그에게는 아름다운 첩이 있었는데, 한양으로 데려가기가 어려운 상황이었다. 남궁두가 한양으로 가서 오랫동안 집을 비우자 그녀는 적적함을 이기지 못한 나머지 남궁두의 당질과 사통을 하고 말았다.

1558년 가을, 한양에서 벼슬을 하던 남궁두는 급히 고향에 일이 생겨서 돌아가게 되었다. 고향 집을 30리가량 남겨두고 날이 저물자, 그는 하인들을 주막에 남겨두고 자신은 말을 몰아 집으로 달려갔다. 그런데 뜻밖에 집에는 등불이 환하게 걸려 있고 문도 활짝 열려 있는 것이었다. 마침 자신의 당질이 담을 넘어 몰래 숨어들자 자기 첩이 달려가서 안고 집으로 들어가는 것이었다. 두 사람의 사통 현장을 목격한 남궁두는 분노를 이기지 못하고 마침 벽에 걸려 있던 활을 꺼내서 그들을 쏘아 죽였다.

당시의 남궁두는 지역 사회에서 좋은 평판을 얻지 못한 상태였다. 성품이 고집스럽고 남들에게 방자한 모습을 보였을 뿐 아니라 임피군수에게도 예의를 제대로 갖추지 않아서 위아래 할 것 없이 그를 미워하였다. 남궁두는 살인을 저지른 뒤 관가에 자수할까 생각하다가 사람들의 평판을 생각하면 과도한 처벌을 받을까 두려워져서, 그들의 시신을 논에다 묻어버리고 한양으로 돌아갔다. 첩과 당질이 사라졌지만 마을 사람들은 그들이 애정 때문에 야반도주했으리라 생각했다.

한편 남궁두의 토지를 맡아 관리하던 하인 중에 백여 석의 곡식을 횡령한 사람이 있었다. 그는 자신의 죄가 밝혀질까 두려워하던 차에, 첩과 당질이 사라지자 남궁두의 소행이라고 추정했다. 그 행적을 샅샅이 뒤지다가 우연히 논에 기름 같은 것이 둥둥 떠 있는 것을 발견한다. 그 주변을 파다가 두 시신을 발견해서 관아에 고변했다. 고을 수령과 아전 등 지역 사람들은 환호하면서 평소에 미워하던 남궁두를 한양에서 잡아들여 형틀을 씌우고 임피로 향했다. 남궁두의 아내가 어린 딸을 업은 채 행렬을 뒤따라가다가, 한밤중에 간수가 쉬는 틈을 타서 술을 먹인 뒤 남궁두의 형구를 벗기고 도망치게 했다. 병사들이 뒤쫓았지만 남궁두를 잡을 수 없었다. 이에 그 아내와 어린 딸을 붙잡아 감옥에 가두었는데, 추위와 굶주림 때문에 두 사람은 그만 세상을 뜨고 말았다.

그렇게 처자식을 잃은 남궁두는 금대산으로 들어가 스님으로 살기 시작했다. 그러나 추적자들 때문에 쌍계사로 옮겼다가 다시 태백산으로 가는 길에 의령 부근 어떤 집에서 젊은 스님을 만났다. 그 스님은 남궁두의 모습을 보더니 그가 양반이라는 것, 과거에도 급제했다는 점, 두 사람을 죽였다는 점을 정확하게 알아맞히었다. 깜짝 놀란 남궁두가 그에게 가르침을 청하자 젊은 스님은 몇 가지 술법이나 아는 것이라며 사양하다가, 자신의 스승이 지금 치상산에 계시니 그곳으로 가보라고 알려준다. 그 길로 남궁두는 치상산으로 가서 온산을 헤매었지만 스승이라는 사람을 찾지 못했다.

모든 것을 포기하고 산에서 내려가려는 찰나 숲 사이로 흘러오는 시냇물에 복숭아씨가 떠서 오는 것이 보였다. 혹시나 하는 마음에 그 물을 따라 한참을 올라가니 벼랑 밑에 작은 집이 있었다. 그 위로 올라가니 동자 한 사람과 노승 한 사람이 있었다. 남궁두가 얼른 가서 가르침을 청했지만 노승은 거들떠보지도 않았다. 며칠 동안 방문 앞에서 정성을 들이자 노승은 그를 들어오라고 하더니, 참을성이 있는 사람이니 죽지 않는 방술을 가르치겠노라고 한다.

그는 노승의 지도를 받아 처음에는 7일 동안 잠을 자지 않는 수행을 했고, 다양한 도교 수행 서적을 읽고 공부하였으며, 음식을 조금씩 줄여서 끝내는 검은 콩가루와 죽대 뿌리를 한 숟가락씩 하루에 한 번 먹었다. 그 후 3년 동안 이곳에 머물면서 다양한 비결을 만 번이나 읽었고, 몸과 마음이 시원하고 가벼워지자 단전호흡법을 배웠다. 그렇게 6년이 되자 노승은 남궁두를 방 안에 앉도록 하고, 이제는 내단 수련으로 기본이 잡혔으니 그곳에서 신선이 될 수 있는 마지막 수행을 하도록 했다. 남궁두의 단전에서 금빛이 나오려 할 때 성과를 빨리 내고 싶은 마음이 드는 순간 모든 수행은 수포가 된다. 그의 작은 욕심이 신선으로 가는 길을 막아버린 것이다.

남궁두는 자신의 운명을 그대로 받아들였다. 그리고 스승의 내력에 대해 이야기를 듣는다. 노승은 1069년에 태어나서 열네 살에 문둥병에 걸리는 바람에 부모에게서 버림을 받았는데, 호랑이에게 물려가서 오히려 호굴 안에서 자생하는 풀을 먹고 살아났다고 한다. 그 풀이 신령스러운 힘을 가졌던 탓에 병이 모두 나았을 뿐 아니라 허공을 날아다닐 수 있는 능력을 가진다. 그곳에서 만난 스님에게서 이곳이 삼척 쪽에 속하는 태백산이라는 사실을 들었고, 스승을 만나 도교 술법을 익히고 귀신과 신선을 불러서 조회를 받을 수 있는 능력을 얻게 된다. 남궁두는 그 말을 듣고 귀신들을 조회 받는 광경을 보고 싶다고 요청했고, 노승은 그를 조회하는 자리에 데리고 간다. 남궁두는 엄청난 수의 귀신과 진귀한 짐승이 와서 머리를 조아리는 광경을 보고 놀란다. 나음 날 노승은 남궁두를 불러서 인연이 다했음을 알리고, 하늘로 올라가는 신선이 되기는 틀렸지만 지상선(地上仙)으로 살다 보면 언젠가는 하늘로 올라갈 수 있으리라고 말한다. 그리고 속세로 가서 수행하며 살아가라고 한다.

이렇게 노승과 헤어진 남궁두는 자신이 살던 곳을 가보았지만 이미 황폐하게 된 뒤였다. 그 뒤로는 이곳저곳을 돌아다니면서 결혼해서 자식을 두기도 하였지만 끝내 자신의 스승을 만나지 못했다고 한다.

## 도교적 외로움과 불멸의 유혹을 넘어서

지금은 허균이 쓴 다섯 편의 한문 단편을 고전 소설이라 분류하지만, 동아시아 문학의 전통에서 보면 그것은 '전(傳)'이다. 원래 '전'은 인물의 일생을 기록하는 방식으로, 중국의 역사가 사마천(司馬遷)의 『사기(史記)』에서 확립된 서술 형식이다. 각 편은 크게 세 부분으로 구분된다. 먼저 해당 인물의 가계(家系)를 밝히고, 다음으로 행적을 서술하며, 마지막으로 그 사람에 대한 평가를 덧붙인다. 한 사람의 일생을 기록하는 것이므로 당연히 행적 부분이 중심을 차지한다. 그러한 구성이 근대 이전 동아시아 서사의 전통 속에서 변주에 변주를 거듭하여 허구를 흥미롭게 담는 그릇이 된다. 고려 후기부터 조선 전기까지 유행했던 가전(假傳)도 그 형식을 이용하여 인간이 아닌 존재를 인간인 것처럼 서술했다는 의미에서 그런 이름을 붙인 것이다. 우리 고전 소설에서 '~전'이라는 제목이 붙은 것은 기본적으로 이러한 서사 전통에 있다고 해도 과언이 아니다.

이런 전통을 생각할 때, 허균의 한문 단편이 대부분 실존 인물을 모델로 내세운 것이 이해된다. 다른 작품도 마찬가지지만, 「남궁선생전」의 경우 마지막 부분에 보면 허균 자신과 남궁두 사이에 어떤 인연이 있는지 서술하고 있다. 작품에서 서술한 내용을 보면 인간의 경험에서는 절대 있을 수 없는 일들인데 그것을 경험한 사람과 인연을 맺고 있다는 서술이 나오기 때문에 독자로서는 놀라움을 금치 못하게 된다.

허균의 기록에 의하면, 그가 남궁두를 만난 것은 공주목사에서 파직된 뒤 부안에서 살던 1608년이었다. 남궁선생의 나이가 당시 83세였지만 겉으로 보기에는 47, 48세쯤으로 보였다고 하며, 신체적 능력 역시 젊은 사람과 다를 바 없었다고 한다. 작품에서 보면 남궁선생의 스승은 1069년생이었으니 허균 당시에 이미 540세였다. 스승의 나이에 비하면 83세쯤이야 어린아이나 다름없다. 그러나 인생칠십고래희(人生七十古來稀)라고, 70세 살기도 바쁜 중생들에게 83세에도 40대 중후반으로 보이는 외모를 유지하면서 건강하게 살아가는 모습은 죽음을 초월하고 싶은 욕망을 강하게 드러내도록 만들기에 충분하다.

그런데 여기서 질문 하나. 영원히 사는 것은 과연 행복한 일일까? 무언가 바라는 것이 있거나 다른 사람을 부러워하는 것은 내가 가지고 있지 않은 것에 대한 결핍에 기인할 가능성이 크다. 내가 가난하기 때문에 부자가 부럽고 나의 사회적 지위가 낮으므로 높은 사람이 부럽듯이, 언젠가는 내가 죽어야 할 신세이기 때문에 불멸이 부럽다. 그런데 막상 불멸(혹은 불멸에 필적할 만큼 오랜 세월 살 수 있는 현실)을 얻은 사람도 똑같이 그렇게 생각할까? 「남궁선생전」은 죽음과 불멸 사이에서 있을 수 있는 여러 층위의 질문을 던지기도 하고 그 나름의 답을 제시하기도 한다. 이 작품에서 허균은 남궁선생의 기구한 운명과 함께 죽음과 불멸 사이에서 있을 수 있는 여러 갈등을 드러내고자 한다.

동아시아의 기록에서 살인을 저지르고 도망자 신세가 된 사람이 신선술을 익히는 이야기는 흔치 않다. 도교의 수행을 생각하면 우리는 먼저 무욕(無慾)의 삶을 떠올린다. 인간의 욕망을 벗어나야 비로소 드러나는 신선의 세계를 떠올리는 것이다. 옥황상제의 정원에는 늘 술과 선녀와 아름다운 시문과 환상적인 자연경관이 가득하다. 그런 세상은 온갖 욕망으로 가득한 인간 세상과는 명확히 차이가 난다. 어찌 보면 아무리 신선이라 해도 인간 세상으로 들어오는 순간 추악한 욕망으로 휩싸일 수밖에 없고, 아무리 인간이라 해도 신선 세계에서 살아가면 욕망을 잊을 수밖에 없는 것이 아닐까 싶다. 그런데 사람을 죽이는 것이 인간 욕망의 극단이라는 점을 상기한다면 남궁두의 이야기는 참으로 특이하다.

남궁두가 비록 지상선에 머무르는 존재지만 8백 년을 살 수 있는 사람이다. 그러기 위해서는 물론 전제 조건이 있다. 세상 인연이 다해서 하늘로 올라가기 직전 남궁두의 스승은 이렇게 말한다. "음탕한 사람이나 도둑놈이라도 죽이지 말 것이며, 매운 채소, 개고기, 쇠고기를 먹지 말 것이며, 남을 음해하지 않는다면 이것이 바로 지상선(地上仙, 땅 위의 신선)이지. 행하고 수행하는 일을 쉬지 않는다면 또한 신선이 되어 하늘로 오를 수 있을 것이네." 이 외에도 많은 조건이 있지만, 삶 속에서 이러한 일들을 꾸준히 실천하고 조심스럽게 살아간다면 진정한 신선이 될 수 있다는 것이다. 그것은 불멸의 삶을 완성하는 순간과 일치한다.

그러나 독자 입장에서는 의문이 생길 수밖에 없다. 스승의 유지를 받들어 음식을 비롯한 모든 행동을 조심하고 산속에 숨어 수행하는 삶을 살아가는 것에 대해서는 이견이 없다. 그런데 남궁두라는 인물은 원래 살인자일 뿐 아니라 도교적 수행이라는 원하지 않은 삶을 살아가는 사람이었다. 그런데 누구에게도 과거의 잘못을 용서받지 못한 채, 혹은 자신에 대한 참회나 인과응보 없이 무욕의 고상한 수행을 거쳐 신선이 된다는 것이다. 그런 사람이 불멸의 삶을 얻는다는 것이다. 이게 도대체 뭔가? 스승 잘 만나 수행을 하고 그저 마음만 비워서 무욕의 삶을 완성하면 된다는 말인가? 어찌 보면 남궁두라고 해서 살인의 잘못을 평생 굴레로 안고 가야만 하는 것은 아닐 수 있다. 그의 입장에서 보면 살인은 자신의 첩과 당질 사이에서 벌어진 불륜의 결과이기 때문에 항변할 소지가 있다. 또한 평범한 사람으로서는 도저히 이겨낼 수 없는 혹독한 수련을 거쳐서 지상선의 경지를 얻은 것이다. 운이 좋아서 얻었거나 공짜로 얻지 않았다는 말이다.

남궁두의 내면에도 의문과 고민이 일어났을 것이다. 앞서 제기했던 질문, 불멸의 삶은 인간에게 과연 축복인가, 하는 점이었다. 오랜 세월 고행을 통해서 그는 건강한 몸과 지혜를 얻었고 나아가 신선의 경지에 가까이 도달하게 되었다. 그렇게 해서 더욱 수행을 한다면 진선(眞仙)이 되어 하늘로 올라갈 수 있다. 그러나 가만히 생각해보면 인간이 불멸을 원하는 것은 무엇 때문인가? 바로 즐거운 삶을 영원히 누릴 수 있다는 점이다. 괴로움과 슬픔으로 가득하다면 누가 불멸을 원하겠는가?

신선의 이미지를 생각해 보자. 그들의 삶은 맛있고 진귀하고 풍성한 음식, 아름다운 선녀와의 수작, 향기로운 술자리, 아름다운 음악, 환상적인 자연환경 등으로 구성되어 있다. 고되게 일하는 신선도 없고, 이별과 슬픔에 눈물짓는 신선도 없으며, 가난으로 고통을 받는 신선도 없다. 그들의 삶은 나날이 즐겁고 행복하고 풍성하다. 바로 지금 우리 같은 중생이 꿈꾸는 멋진 삶이다. 오죽하면 '신선처럼 산다'는 말이 있겠는가. 이것이야말로 현실적 욕망의 완벽한 실현태다. 신선 설화를 살펴보면 많은 수의 신선이 인간으로 살아가다가 그 몸 그대로 신선이 되는 경우가 많다. 신선이 된 이후에도 그의 지인들이 그를 알아보는 데에 전혀 지장이 없다.

이런 삶을 바라면서 솔잎과 죽대 뿌리를 먹으면서 인적 없는 깊은 산속에서 외롭게 살아가야 하는 것은 참으로 아이러니하다. 신선이 될지 어떨지 기약할 수 없는 삶은 고민을 더욱 부추긴다. 남궁두라고 해서 왜 이런 생각을 하지 않았으랴. 그가 산속 생활을 정리하고 인간 세상으로 돌아와 남들처럼 먹고 마시고 결혼해서 아이를 낳은 것은 아마도 그러한 고민의 맥락에서 이해될 수 있다. 허균에게 남궁두는 이렇게 말한 바 있다. "우리 스승님께서는 이미 지상선이 될 수 있음을 인정하였으니 부지런히 수련한다면 8백 년 정도는 살 수 있겠지요. 그런데 요즘 산중이 자못 한가하고 적막하여 속세로 내려왔으나 아는 사람 하나도 없을뿐더러, 가는 곳마다 젊은이들이 나의 늙고 누추함을 멸시하니, 인간의 재미라고는 전혀 없었소. 사람이 오래 살고 싶어 하는 것은 본래 기쁜 일을 누리기 위함인데, 쓸쓸하고 기쁜 일이라고는 전혀 없으니 내가 무엇 때문에 오래 살기를 바라겠소? 그러니 속세의 음식을 금하지 않고 아들을 안고 손자를 껴안고 희롱하면서 여생을 보내다 자연의 변화를 따라 죽음으로 돌아가 하늘이 주신 운명에 따르려 하는 것이지요."

남궁두의 발언 속에서 우리는 인간의 기본 조건을 다시 확인할 수 있다. 수행으로 오랜 세월 지내는 동안 인적 없는 산속은 적적하기 그지없었고, 세상으로 돌아왔어도 아는 사람은 모두 죽고 없다. 사람과 사람의 관계가 만들어내는 다양하고 예측 불가능한 상황이 인간 세상에 즐거움을 만드는 재료다. 남들과 같이 음식을 먹고 결혼해서 처자식과 함께 살아가는 동안 느끼는 희로애락이 즐거움의 원천인데, 산속에서 어떤 관계도 맺지 않으니 즐거움이 만들어질 리 없다. 「남궁선생전」을 읽으면서 도교적 상상력이 빚어내는 화려한 모습에 놀라면서도 한편으로는 남궁두의 말속에서 근원을 알 수 없는 슬픔을 느낄 수 있는데, 그것이 바로 한 인간으로서의 외로움에서 연원한다는 점을 알아차리게 된다. 윤채근 교수는 이 외로움을 '도가적 고독'이라 명명한 바 있거니와, 그 고독의 출발점은 바로 관계의 상실에 기인한다.[12]

## 신선 세계, 전쟁의 공포를 이기게 하는 힘

대부분의 독자가 관심을 가지는 것은 수련에 의해 신선이 되는 서사였을 것이다. 「남궁선생전」에서는 그 과정이 자세히 묘사되어 있어서, 그러한 수행을 통해서 실제로 신선이 될 수 있으리라는 기대를 품게 한다. 거기에 더해 우리 주변에 전승되어 오던 신선 설화가 상승 작용을 해서 일반적인 민중이 꿈꾸는 신선의 불멸 이미지가 만들어지고 상당한 수준으로 신뢰가 형성된다.

우리나라 문학사를 살펴보면 도교적 영향이 두드러지는 시기가 있다. 고려 중기 예종과 인종 시기에 도교적 기풍이 강했고, 그것은 잠시 잠복기를 거치다가 17세기부터 다시 강하게 등장한다. 허균의 작품은 도교적 영향의 재등장에 선구적 위치를 차지한다. 그런데, 어째서 17세기 초반 조선의 문화에 도교가 다시 떠오르게 되었을까.

1592년 임진왜란은 햇수로 8년간 조선 전역에 큰 상처를 남기고 끝났다. 선조를 비롯한 정치권의 무능은 왜군의 침략에 속수무책으로 당했고, 그 과정에서 백성의 고통은 다양한 형태로 발생했다. 특히 평화로운 시기에는 볼 수 없는 불시의 죽음은 사람들에게 충격을 주기에 충분했다. 함께 살아가던 사람의 갑작스럽

---

12 윤채근, 「남궁선생전에 나타난 도가적 고독」, 『한문학논집』 제37집(근역한문학회, 2013).

고 비극적인 죽음은 전쟁의 공포를 사회적으로 확산시켰다. 피난과 유랑 생활은 농사를 짓지 못하게 했고, 그것은 다시 흉년으로 이어졌다. 흉년이 들면서 기근과 돌림병이 유행하여 사람들은 죽음이 언제 자신을 덮칠까 두려움에 떨었다. 그런 분위기가 사회 전반을 휩쓸었지만 조선 정부는 그것을 진정시킬 여유도 능력도 없었다.

죽음의 공포가 사회를 뒤덮었을 때 사람들이 바라는 소망은 당연히 그것을 벗어나는 것이었다. 소망의 끝에 바로 신선의 세계가 위치해 있었다. 풍성한 음식과 아름다운 음악과 자연경관이 있을 뿐 아니라 전쟁의 공포는 찾으려야 찾을 수 없는 곳이 바로 신선의 세계 곧 선경(仙境)이 아니던가. 그것도 죽어야 도달할 수 있는 곳이 아니라 지금 상태 그대로 선경에 들어갈 수 있고 신선이 될 수 있다는 점에 사람들은 열광했다. 특히 17세기 지식인들 사이에서 신선술에 대한 관심이 폭등했는데, 이는 16세기에 유행했던 이인(異人) 설화를 기반으로 신선에 대한 새로운 이야기들이 기록에 오르거나 정리되어 책으로 만들어졌다. 전쟁으로 절망의 늪에 빠진 사람들이 새로운 희망으로 찾은 것이 신선이었으니, 「남궁선생전」이 그러한 분위기의 선편을 잡았던 것이다. 그 뒤를 이어 홍만종의 『해동이적(海東異蹟)』에서 우리나라 출신의 신선을 정리해서 묶은 책이 출현한다.

## 인생의 소중함을 다시 한번 느끼며

〈은하철도 999〉라는 애니메이션이 있다. 원래는 1977년부터 일본에서 연재되던 만화였는데 애니메이션으로는 1978년 후지TV에서 방영되었다. 이어 우리나라에서 방영되어 지금까지도 많은 사람의 기억 속에 살아 있다. 우리말 더빙판 애니메이션으로 말하자면, 철이와 메텔, 투명 인간처럼 묘사된 열차 차장 세 사람을 중심으로 다양한 에피소드로 구성되어 있었다. 작품의 개략적인 줄거리는 철이와 메텔이 은하철도 999편을 타고 안드로메다를 향해 가는 것이다. 돈이 많은 사람은 기계의 몸으로 불멸의 삶을 누리지만, 그렇지 못한 철이는 기계의 몸을 무료로 준다는 안드로메다로 가서 불멸의 삶을 얻는 것이 목표다. 〈은하철도 999〉는 철이가 메텔과 함께 그곳을 가는 과정에서 일어나는 많은 일화를 담았다. 길고 긴 여정을 거쳐서 드디어 안드로메다에 도착하지만, 끝내 철이는 불멸을 포기하고 인간으로서 살아가기로 한다.

작품을 처음 접했을 때는 그 설정이 참 독특하다고 생각했다. 세월이 흘러 되돌아보니 이것이야말로 신선계를 꿈꾸는 사람이 신선이 되는 문턱에 이르렀지만 스스로 포기하는 이야기와 일치한다. 「남궁선생전」에서 제기했던 불멸과 죽음 사이의 사유가 〈은하철도 999〉에서도 똑같이 등장했던 것이다.

오랜 세월 인간 세상에 머물면서, 내가 태어나 자라는 동안 구성했던 인간 세계가 서서히 해체되는 것을 보는 심정은 참담하지 않을까 싶다. 나는 여전히 젊은 모습을 유지하면서 살고 있는데, 나의 아내는 서서히 늙어 죽고 아이도 죽고 손자도 죽는다. 친지와 친구도 모두 죽고 나면 세상에 혼자만 남게 된다. 주변 사람들의 죽음과 함께 나의 사회적 자아 역시 죽음에 이른다. 사회적 자아는 죽었으되 육신이 살아 있으니, 이것은 과연 살아 있는 것인가 죽은 것인가. 남궁두를 만난 허균은 그의 이야기를 글로 남기면서, 오욕칠정을 느끼면서 살아가는 인간으로서의 삶이 얼마나 소중한지, 백 년도 못 살고 죽어야만 하는 운명을 타고 태어난 인간으로 살아가는 것이 얼마나 소중한지를 우리에게 말하고 싶었으리라.

# 11권. 파한집·보한집

破閑集·補閑集

# 폭압의 시대에 그려보는 문화적 이상향

—이인로의 『파한집』과 최자의 『보한집』

## '소설'이라는 이름

소설(小說)은 작은 이야기라는 뜻이다. 지금 우리가 알고 있는, 문학 작품으로서의 소설은 근대 이전에 불리던 소설의 개념과는 의미가 일치하지 않는다. 소설이 근대 문학의 총아로 등장하기까지, 수많은 이야기가 사람들 사이를 떠돌면서 재미와 교훈을 던져주었다. 소설의 개념이 어떻게 시대에 따라 달라졌는지는 따로 논의해야 할 정도로 논자들에 의해 많은 의견이 제시되었다. 그러나 분명한 것은 지금 우리가 알고 있는 소설로 발전하기까지 작은 이야기들의 침전물이 두꺼운 지층을 이루어 켜켜이 쌓인 대지를 딛고서야 가능했다는 사실이다.

어숙권(魚叔權)의 『패관잡기(稗官雜記)』에는 당시 소설 작품들이 열거되어 있다. 이들 중에 김시습의 『금오신화』를 제외하고는 모두가 짧은 글을 모아놓은, 지금으로 보면 일화집이나 수필집에 가까운 것들이 대부분이다. 그중에서 가장 먼저 꼽힌 책이 바로 이인로(李仁老)의 『파한집(破閑集)』과 최자(崔滋)의 『보한집(補閑集)』이다. 그 이후로 이제현(李齊賢)의 『역옹패설(櫟翁稗說)』, 강희안(姜

希顔)의 『양화소록(養花小錄)』, 서거정(徐居正)의 『태평한화골계전(太平閑話滑稽傳)』, 『필원잡기(筆苑雜記)』, 『동인시화(東人詩話)』, 심지어 최부(崔溥)의 『표해록(漂海錄)』에 이르기까지 다양한 형식과 내용의 책들을 망라하고 있다.[13]

이런 책은 대부분 짧은 글을 모아서 편찬했다. '소설'이라는 말처럼 작은 이야기 모음집이다. 그러나 그것은 동시에 사소한 이야기로 가득한 책이다. '사소하다'는 말의 건너편에는 '크다, 위대하다'는 말이 위치하는데, 거기에 해당하는 책은 바로 성현의 말씀을 담은 경서(經書)를 지칭한다. 선비에게 유학서야말로 가장 위대하고 큰 책이며, 자신이 평생 따라야 하는 유일무이의 모범적인 책이다. 그런 책들에 비하면 어숙권이 나열한 책들은 사소하다고 말하기조차 부끄러운 책이다. 그런 점에서 근대 이전, 특히 조선 시대에 소설은 작고 사소한 내용과 짧은 분량을 갖춘 책을 지칭하는 경우가 대부분이었다.

조선의 선비가 소설을 떠올릴 때 가장 먼저 손꼽았던 책이 바로 이인로의 『파한집』과 최자의 『보한집』이다. 나는 이 책들을 대할 때면 대학 시절로 돌아가곤 한다. 두 권을 함께 편찬한 번역본이었는데, 청평사에서 은거했던 고려의 명현 이자현(李資玄)의 사적을 읽고 새삼스러웠던 기억 때문이다. 이따금 머리가 복잡할 때면 바람도 쐴 겸 슬며시 혼자 거닐던 곳이 청평사였다. 스무 살 시절의 꿈이 그곳에서 흔들리고 있었는데, 뜻밖에 이자현도 그곳에서 은거했었다는 기록을 접하니 깊은 감흥이 났던 것이다.

작고 사소한 기록 속에서 뜻밖의 내용을 만날 때 나는 감동을 받곤 한다. 어쩌면 우리가 매일 만나는 일상이야말로 가장 감탄스러운 일인지도 모르겠다. 그런 점에서 보면 위대하고 긴 분량의 '대설(大說)'보다는 작고 소박하며 사소한 '소

---

13  東國少小說, 唯高麗李諫仁老 『破閑集』, 崔批翁滋 『補閑集』, 李益齋齊賢 『櫟翁稗說』, 本朝姜仁齋希顔 『養花小錄』, 徐四佳居正 『太平閑話』, 『筆苑雜記』, 『東人詩話』, 姜晉山希孟 『村談解頤』, 金東峯時習 『金鼇新話』, 李靑坡 『劇談』, 成虛白堂俔 『慵齋叢話』, 南秋江孝溫 『六臣傳』, 『秋江冷語』, 曹梅溪偉 『梅溪叢話』, 崔校理溥 『漂海記』, 鄭海平眉壽 『閑中啓齒』, 金沖庵淨 『濟州風土記』, 曹適庵伸 『謏聞鎖錄』, 行于世(魚叔權, 『稗官雜記』 卷4: 『大東野乘』 卷4)

설(小說)'에서 쉽게 감동을 하는 것이 아닐까 싶다. 옛 선비가 공부하는 틈틈이 소설류를 읽으면서 마음을 쉬게 하고 일상 속의 즐거움을 찾았던 이유이기도 할 것이다.

## 분노와 공포의 시대, 그리운 문화적 태평성대 : 이인로의 『파한집』

무신란 이후 고려 사회를 지배한 두 가지 사회적 정서는 분노와 공포였다. 무신들은 오랫동안 당해온 부당한 대우에 분노하면서 문신을 비롯한 사회 기득권 세력에 대해 폭력을 행사하였다. 살인부터 자질구레한 구타에 이르기까지 무신들의 폭력은 전염병처럼 번져나갔다. 이들은 무리를 지어가면서 닥치는 대로 빼앗고 겁탈하고 파괴하고 죽였다. 누구도 그들에게 항의할 수 없었다. 이러한 분노는 무인의 행동을 기반에서 떠받치고 있는 힘 그 자체였다. 문신이 임금과 질탕하게 술을 마시며 시를 짓는 동안 무신은 잔치 자리가 펼쳐지는 문밖에서 파수를 서다가 종일 굶기도 하였고, 심한 경우 추위에 여러 사람이 한꺼번에 얼어 죽는 일까지 있었다. 나라의 녹을 먹으면서 누구는 질탕하게 노닐고 누구는 추위와 굶주림에 떨면서 멸시받아야 한단 말인가. 이런 의문이 사회적 분노로 표출되면서 고려는 걷잡을 수 없는 혼란 속으로 침몰해 갔다.

무신은 혼란한 개경에서 한동안 거리를 휘젓고 다녔다. 그러나 무소불위의 권력은 영원할 수 없었다. 시간이 흐르고 사회를 장악했다는 생각이 들자 이제는 앞날을 바라보기 시작한 것이다. 내가 누군가를 죽이고 그들의 재물과 권력을 빼앗았듯이, 누군가가 나를 죽이고 똑같은 방법으로 새로운 지배자가 될 수도 있다는 생각을 하게 된 것이다. 실제로 난을 일으켜 정중부가 정권을 잡은 1170년 이후 최충헌이 미타산에서 이의민을 죽이고 완전히 권력을 잡는 1196년까지, 불과 26년 동안 이의방, 경대승, 이의민으로 이어지는 숨 막히는 권력의 교체가 있었다. 권력을 잡았다 해도 주변 사람을 결코 믿지 못하는 분위기는 이 시기 무신이 가지고 있었던 공포로 드러난다. 다른 사람에게 공포의 대상이면서도 공포 속에서 살아간 것이다. 주변을 겹겹이 군사로 에워싸고도 두려움에 떠는 무신들. 이들은 자신의 공포를 이기기 위해서 다른 사람에게 권력을 서슴없이 행사했다. 분노의 감정이 공포로 변하는 순간이었다.

이인로(李仁老, 1152~1220)의 『파한집(破閑集)』을 말하면서 무신의 난을 말하는 이유는 무엇인가. 무신란 시대의 사회적 분위기를 전제하지 못하면 이인로의 생각을 정확하게 읽기가 어렵기 때문이다.

『고려사』에 이인로의 전기가 간략하게 기록되어 있다. 이인로의 자는 미수(眉叟)이고 어렸을 때의 이름은 득옥(得玉)이다. 본관은 경원(慶源)으로, 고려를 대표하는 거대 가문이다. 인종 때 난을 일으켰던 이자겸(李資謙)도 이인로의 집안이며, 예종의 총애를 받으며 고려의 도가적 분위기를 주도해 나간 이자현(李資玄)도 그의 집안이다. 이인로는 어려서부터 총명하여 글을 잘 지었다고 하며, 초서와 예서에도 조예가 있었다. 일찍 부모를 여읜 탓에 풍족한 시절을 보내지는 못하였지만, 그의 시문(詩文) 능력만큼은 누구도 따라가지 못할 정도였다.

비교적 평탄한 삶을 보내던 이인로가 정중부의 난을 만난 것은 18세가 되던 해였다. 무차별적인 살육의 시대를 맞은 이인로는 머리를 깎고 승려가 된다. 당시 명종의 숙부이며 화엄종의 승통(僧統)이었던 요일(寥一)을 따라 절에서 승려 생활을 하면서 생을 부지했다.

5년 후인 1175년, 이인로는 환속하여 과거에 응시한다. 명종 10년(1180), 그의 나이 28세에 장원으로 급제하여 관직 생활을 시작한다. 그는 무려 14년 동안이나 사한(史翰)직에 근무한다. 이 시기에 당시 유명한 문인이었던 오세재(吳世才), 임춘(林椿), 조통(趙通), 황보항(皇甫抗), 함순(咸淳), 이담지(李湛之) 등과 친구로 지내면서 망년우(忘年友) 관계를 맺어 시와 술로 세월을 보낸다. 이들은 자신을 중국의 죽림칠현(竹林七賢)에 비의(比擬)하였으므로 모임을 해동의 죽림고회(竹林高會)라고 칭하게 된다. 이후 승진을 거듭하여 고종 초년에는 비서감(秘書監) 우간의대부(右諫議大夫)가 되었으나 얼마 후 69세의 나이로 유명을 달리한다. 한 사람의 일생에 대해서는 여러 가지의 평가가 있을 수 있겠지만, 『고려사』에서는 "그는 당시 시로써 유명하였다. 그러나 성질이 편협하고 조급하여 당시에 저촉되는 바가 많아서 크게 등용되지 못하였다"라고 기록하고 있다.

폭압적 타자에 의해 자신의 삶을 박탈당했다고 믿는 사람에게 세상은 공포의 대상이다. 더욱이 목숨이 위태로웠던 이인로의 경우, 정중부의 난에 대한 경험은 대단히 강렬했을 터였다. 마음에도 없는 승려 생활을 해야만 했던 시절, 이인로는 어떤 생각을 하며 살았을까. 정중부가 의종을 폐위시킨 후 시해하고는 명종을 옹립한 것은 쿠데타와 같은 사건이었다. 그럼에도 무신의 무차별적인 살육이 끝나는 5년 뒤에 다시 환속하여 과거 시험에 응시한 것은 이인로의 시대 인식에 한계가 있음을 암시한다. 물론 이인로의 집안이 완전히 몰락하여 관직이 아니면 더 이상 집안을 일으킬 수 있는 방도가 없었기 때문에 어쩔 수 없이 진출했을 가능성도 있다. 그러나 이인로는 정중부를 비롯한 무신에 대하여 분노 혹은 의분(義憤)의 감정을 전혀 보이지 않는다. 분노마저 사라져 버린 것일까. 아니면 분노를 일으키는 순간 살해당하리라는 공포가 그의 무의식을 지배하고 있었던 것일까. 어느 쪽이든 이인로는 무신이 횡행하는 시기에 관직 생활을 시작하고 있다.

그는 마음속으로 언제나 여유로움 혹은 한가함을 희구하고 있었다. 이인로는 책의 제목으로 "파한집"을 선택했다. 한가로움을 깨뜨리는 책이라는 뜻이다. 사람이 자연에 묻혀 세속의 일을 잊고 살아간다면 이는 한가함이라고 할 수 있을 것이다. 그러나 지나치게 여기에 마음을 두게 된다면 이것은 병이라고 했다. 반대로 뜻하지 않게 관직에서 물러나 자연에서 살아가게 된다면 겉은 한가한 것처럼 보여도 가슴은 흉흉할 것이니 이것 역시 병이다. 어느 쪽도 문제가 되는데, 이인로는 이러한 한가로움을 깨뜨린다는 의미에서 제목을 "파한집"이라고 붙였다고 했다.

『파한집』은 기본적으로 시화집(詩話集)이다. 잡록류에 해당하는 글이 없는 것은 아니지만 근간을 이루는 것은 시화다(『보한집』에 비하면 시화적 성격이 떨어지지만, 전체적으로 보면 시화로서의 성격이 강하게 나타난다.). 모두 세 권으로 이루어져 있는데, 상권 25칙(則), 중권 25칙, 하권 33칙과 이인로의 아들 이세황(李世黃)의 발문으로 되어 있다.

자신이 보고 들은 이야기를 기록한 탓에 『파한집』은 이인로 개인의 취향이나 교유가 절대적으로 강하게 드러난다. 이 점은 『보한집』을 쓴 최자에 의해서도 비판적으로 지적된 바 있다. 그럼에도 불구하고 『파한집』은 기록이 산일되어 척박한 고려 전기 문학사를 풍성하게 만들어주는 보물 같은 존재이다. 이인로가 책에서 용사(用事)를 강조했다는 것은 어쩌면 부수적인 논의일 수 있다. 사실 이인로의 문학관을 용사론으로, 이규보의 문학관을 신의론(新意論)으로 도식화하는 것에는 많은 의문을 제기할 수 있다. 용사는 수사법의 문제이고 신의는 내용의 문제이므로 비교의 차원 자체가 달라지는 것을 고려한다면 단순한 도식화는 문제의 본질을 왜곡시킬 가능성을 내포한다. 이인로나 이규보가 신의와 용사를 모두 언급하여 중시했다는 사실을 상기할 필요가 있다. 다만 이인로가 『파한집』에서 용사의 중요성 혹은 용사의 교묘함을 증명하는 기록을 자주 남기고 있다는 사실을 생각한다면, 이인로가 용사에 대해 많은 관심을 보였다는 점은 분명하다.

이인로는 『파한집』에서 예종 시기를 매우 그리워한다. 물론 자신의 과거를 회억(回憶)하면서 주변 인물과의 일화를 상당수 기록하고 있지만, 기본적으로 그러한 기록들은 주변의 문화적 풍토에 대한 기억들이다. 과거에 자신이 쓴 시나 주변 인물이 쓴 시의 유래를 단편적으로 기록하면서 이인로는 폭압적인 현실과는 대비되는 과거의 아름다운 추억 속으로 돌아가고 싶은 욕망을 은미하게 드러낸다. 특히 예종 시기를 여러 차례 거론한다. 예종은 그 자신이 뛰어난 시문 창작 능력을 갖추고 있었을 뿐만 아니라 주변의 신하들과 자주 어울려서 시를 주고받는 자리를 마련하곤 했다. 예종과 신하들 사이에 시를 주고받은 것들을 모아서 '예종창화집(睿宗唱和集)'이라는 제목의 시집을 엮을 만큼 예종 시대는 후대 문인의 선망이었다. 이인로 역시 그러한 시대의 회억을 여러 차례 드러냄으로써 과거의 문화적 분위기를 통해 현재를 바라본다.

이러한 태도는 청학동을 찾다가 돌아온 이야기에서 극적으로 드러난다. 이인로는 지리산의 험한 산길을 지나면 넓은 옥토가 나타나는데 사람은 살지 않고 청학(靑鶴)만이 살고 있다는 말을 듣는다. 세상을 등지고 싶었던 이인로는 지리산을 헤매고 다녔지만 청학동을 찾지 못하고 돌아온다. 폭력과 무질서가 없는 평화로운 세상, 그 이상향을 찾아 나섰지만 찾지 못한다는 이야기에서 우리는 이인로의 깊은 슬픔을 느낄 수 있다. 이 같은 이야기 속에서 현실은 그 폭압성을 더욱 선명하게 드러낸다.

평화로운 이상향을 찾지도 못하고 폭압적인 현실 속에서 살아가야 한다면, 이인로의 삶의 기준은 무엇이었을까. 그것은 바로 문장(文章)이었다. 이인로는 말한다. "천하의 일 중에서 빈부나 귀천으로 높낮이를 삼을 수 없는 것은 오직 문장뿐이다." 세상이 나를 폭력적인 방법으로 굴복시켰다고 하더라도 그것이 자신의 문장을 평가하는 기준이 될 수는 없다. 세월 속에서 모든 것이 스러진다 해도 문장만은 오래도록 살아남아 영원한 삶을 영위하게 하는 것이다.

## 공포의 시대를 넘어 발견하는 유교적 문학관 : 최자의 『보한집』

이인로가 주로 최충헌 시대를 살아갔던 인물이라면 『보한집(補閑集)』을 쓴 최자(崔滋, 1188~1260)는 최충헌의 아들과 손자인 최우와 최항 시기에 활동한 인물이다. 『보한집』은 애초부터 이인로의 『파한집』을 염두에 두고 편찬되었다. 『파한집』이 고려의 문화적 분위기를 전달한다고 하기에는 너무 소략하고 범위가 넓지 못하므로 이를 보완하라는 최우의 명령에 따라 최자가 편찬한 것이 『보한집』이다. 「최자열전」에서 그의 저작을 소개하면서 『보한집』을 '속파한집(續破閑集)'이라고 기록한 것도 여기에 근거한다.

최자의 자는 수덕(樹德)이며, 예전 이름은 종유(宗裕) 또는 안(安)이라고도 불렸으며 문헌공(文憲公) 최충(崔沖)의 후손이다. 최충은 고려에 유교적 학풍을 확립하고 많은 제자를 길러낸 중요한 인물이다. 그 후손답게 최자의 문학관 역시 다분히 유교적 색채를 띤다.

『보한집』서문은 이렇게 시작된다. "글이란 도(道)를 밟아 들어가는 문이니 바르지 못한 말에 간여해서는 안 된다." 이 글은 이후 수많은 유학자의 문학론의 출발점을 이룬다. 물론 이전에도 이러한 생각을 표출한 사람이 있기는 했지만, 분명한 문제의식을 가지고 자신의 저작의 향방을 적시한 경우는 최자의 『보한집』에 와서야 이루어진다. 이 같은 태도는 『파한집』에서 보여준 바 있는 용사론에 대한 경도를 비판적으로 수용하겠다는 생각의 일단을 드러낸 것이다. 최자는 시를 쓰는 사람에게 중요한 요소로 시구를 잘 다듬는 것과 생각을 단련하는 것을 들고 있다.

용사론이란 시구를 잘 다듬는 것을 포함하는 개념이기는 하지만 기본적으로 선인들의 시문과 생각을 어떻게 잘 이용하는가에 초점을 맞추고 있다. 예컨대 이인로가 『파한집』에서 중국 황산곡(黃山谷)의 말을 인용하여 "옛사람의 뜻을 바꾸지 않고 그 말을 만드는 것을 환골(換骨)이라고 하고, 옛사람의 뜻을 모방하여 형용하는 것을 탈태(脫胎)라고 한다"라고 말했을 때 이인로의 용사론은 옛사람의 생각을 어떻게 잘 이용하여 내 생각을 잘 표현할 것인가가 관심의 초점이다. 그러나 최자에게 오면 이러한 것들은 표절의 위험성 때문에 거리를 두게 되며, 오히려 시구의 단련과 노성(老成)하고 웅걸(雄傑)한 기풍이 잘 어우러지는 작품의 창작에 무게 중심을 둔다. 이 같은 생각은 중국 조비(曹丕)의 문기론(文氣論)을 충실히 이어받은 것으로 추정되는 기론(氣論)과 연결되어 있다.

『파한집』처럼 『보한집』 역시 세 권으로 이루어져 있다. 상권 52칙, 중권 46칙, 하권 49칙에 최자의 서문이 붙어 있어서 『파한집』보다는 분량이 많다. 『파한집』이 시화를 중심으로 하면서도 문화적 분위기를 전해주는 일화를 다수 수록하고 있는데 비해 『보한집』은 거의 시화집이라고 해도 과언이 아닐 정도로 대부분이 시화로 채워져 있다. 박성규 교수에 의하면, 이 책의 형식은 중국의 시화 비평서인 구양수의 『육일시화(六一詩話)』의 형식과 별 차이가 없을 정도라고 한다.

『보한집』에서 돋보이는 것은 여러 가지가 있지만, 우선 자료 정리의 단정함이 눈에 띈다. 최자는 고려의 문헌이 산실되어 전하는 것이 별로 없다는 생각을 가지고 있었고, 이 때문에 주변 사람들이나 선배 문인의 단편적인 시문들을 되도록 널리 싣고자 노력한다. 가능한 한 전적을 많이 활용하면서 의도적으로 정리하려고 한 점이 보인다. 이들 시문을 수록하면서 나름대로 흥미로운 평가를 덧붙이고 있는데, 이러한 것은 우리 비평사에서 중요한 언급들이다. 그 과정에서 최자가 부각시키고 있는 인물이 이규보(李奎報, 1168~1241)이다. 이규보는 이인로와 최자 사이에 위치하면서 앞서거니 뒤서거니 문단에서 활동한 사이다. 최자는 이규보의 창작 경향으로 알려진 신의론(新意論)을 강하게 지지하면서 이인로의 용사적 태도를 부분적으로 수용하는, 일종의 절충론적 태도를 보이고 있다. 그것은 어쩌면 최자에 대한 이규보의 지우(知遇)에 근원하는 것인지도 모른다. 「최자열전」에 의하면, 당대의 권력가였던 최이가 이규보에게 다음 세대의 문한(文翰)을 이끌어 나갈 사람이 누구냐고 묻자 바로 최자를 최우선으로 꼽았던 적이 있었다. 이 일로 인해 최자는 높이 등용될 기회를 얻었다. 짧은 기록 속에 이 사건이 기록되어 있는 것을 보면 이규보에 대한 최자의 애정이 근거 없는 것은 아니라는 생각이 든다.

최자는 옛사람의 시문에 얽매여 자신의 생각을 제대로 드러내지 못하는 용사론에 대해서는 상당 부분 거부감을 드러냄으로써 이규보의 신의론을 부각시킨다. 우리가 문학사에서 이인로의 용사론과 이규보의 신의론을 대비적으로 보게 된 연원이 바로 최자의 『보한집』에 내포되어 있었던 것이다.

## 자유로운 사유의 세계를 향하여

시대가 어려워야 성인이 나는 법. 어려운 시대에 뛰어난 문인이 탄생하는 것도 어찌 보면 당연한 이치이다. 그러나 뛰어난 문인으로 성공하기 위해 그가 겪었을 무수한 고난은 범인의 상상을 초월한다. 목숨이 경각에 달렸던 무신의 난 한가운데를 뚫고 은인자중하며 살아온 세월은 이인로나 최자에게 있어서 훌륭한 문인으로 성장하는 중요한 환경이기도 하였다. 무신의 서슬에 눌려 누구도 자신의 생각을 표현하지 못했던 시절, 어쩌면 그러한 폭압적인 시대가 자유로운 사유 세계를 향한 열망을 증폭시킨 원천이었을 터이다.

『파한집』이나 『보한집』은 모두 고려 시기 문화적 분위기를 자유로운 필치로 기록한 책이다. 특별히 형식을 갖추지도 않았고, 그렇다고 일관된 주장이 있는 것도 아니다. 생각나는 대로 자신이 보고 듣거나 경험한 일을 툭툭 던지고 있다. 때로는 아름다운 추억으로, 때로는 비판적인 어조로 이야기하고 있는 글의 저편에서 우리는 이인로와 최자가 고려의 문화적 전통에 대해 무한한 자부심과 긍지를 가지고 있다는 것을 알게 된다.

많은 사람이 우리나라 수필 문학의 본격적인 시발점으로 『파한집』과 『보한집』을 거론한다. 그럼에도 불구하고 저작들 속에서 자유로운 사유의 세계를 발견하는 사람은 그리 많지 않다. 옛날의 성현이나 문인들을 벗 삼는 상우(尙友)의 정신, 이것이 바로 두 저작을 관통하는 힘이다. 무신의 힘이 현실적인 제약으로 강하게 다가오면 올수록 이들의 마음에는 자유로운 사유를 펼치고 싶은 욕망이 강해진다.

이인로는 난리를 겪은 사람으로 황폐해진 문단의 현실을 슬퍼하면서 예종 때를 그리워하였다. 자신이 문재(文才)를 마음껏 펼쳤던 시절부터 많은 문인이 행복한 글쓰기를 할 수 있었던 시기에 이르기까지, 『파한집』에는 이인로의 다양하고 풍성한 문화적 층위가 지층처럼 드러나 있다. 책의 속편이면서도 속편 같지 않은 책이 『보한집』이다. 최자는 이인로의 저작을 비판적으로 계승하면서 유교적 문학관을 큰 줄기로 하여 고려 시대의 문단을 정리하고 있다. 그의 문학관은 후일 이제현(李齊賢)의 『역옹패설(櫟翁稗說)』로 이어지고, 다시 조선 시대 유학자들의 문학관을 토대 짓는다.

억압의 시대에 꿈꾸는 자유로운 정신의 구가, 이것이 바로 우리가 도달하고자 하는 글쓰기의 도달점일 것이며, 이것이 바로 우리가 『파한집』과 『보한집』에서 읽어야 할 점일 것이다.

# 12권. 김영철전

金英哲傳

# 국가의 의미를 묻는 아픔과 그리움의 서사

─ 홍세태의 「김영철전」

전란의 시대에 인간이 인간답게 살 수 있을 확률이 얼마나 될까. 전쟁을 한 차례 겪고 나서 생활 유형이 바뀌는 것은 인류의 역사를 살펴보아도 충분히 짐작할 수 있다. 그 말은 전쟁이 삶에 끼치는 영향은 우리가 생각하는 것 이상으로 엄청나다는 의미이다. 눈앞에서 삶과 죽음의 경계를 본다는 것은, 평상시의 삶으로서는 도저히 상상하기 어려운 일이다. 분단이 낳은 비극 때문에 전쟁이 발발한 지어언 70년이나 되었지만, 내 주위에는 전쟁의 상흔을 가슴에 품고 살아가는 분들이 더러 있다. 나도 전쟁을 경험하지는 않았지만, 조부께서 전쟁의 참화를 입으셨고 조모께서 그 아픔을 평생 안고 살아가셨더랬다. 어찌 보면 나와 같은 사람도 전쟁의 간접적 피해자며, 마음 한구석에 전쟁의 그늘을 간직하고 살아가는 셈이 아니던가.

문학사에서 위대한 족적을 남긴 작품 중에는 전쟁을 배경으로 하는 것들이 다수 있다. 참혹한 환경 속에서 펼쳐지는 인간의 다양한 행동을 통해서 우리는 인간의 본질에 대해 깊은 공감과 착잡한 심정을 금할 수 없다. 평상시의 행동은 누구나 사회의 규범을 지키며 품격 있게 살아간다. 그러나 행동의 진정성을 우리가 어찌 알겠는가. 살아가면서 우리는 많은 가면을 가지고 바꿔 쓰기를 반복한다. 복잡한 계산속에 어떤 가면을 쓸 것인가를 결정하는 순간 진정성을 보이기란 쉽지 않다. 그런데 전쟁이라고 하는 극한 상황 속에 처한다면 문제는 달라진다. 삶과 죽음의 기로에서 인간은 밑바닥까지 드러내는 순간을 맞는다. 목숨이 경각에 달렸는데 거기에 끼어들 수 있는 것이 무엇이겠는가. 삶에 대한 강렬한 희구만이 나를 가득 채운 극한의 상황, 인간은 자신의 모습을 적나라하게 드러낸다.

전쟁으로 인해 피폐해진 삶을 살아갔던 사람들의 이야기는 늘 가슴을 먹먹하게 만든다. 가슴 아픈 사연을 감동적으로 보여주면서 여러 생각을 하게 만드는 작품이 한 둘이랴마는, 병자호란을 배경으로 펼쳐지는 홍세태(洪世泰, 1653~1725)의 「김영철전(金英哲傳)」은 특별히 기억할 만하다.

## 기구하여라, 김영철의 생애여

평안도 영유현 출신 김영철(金英哲)은 말을 잘 타는 활의 명수였다. 대대로 무과에 급제하여 벼슬을 한 집안의 출신이었다. 김영철 자신도 무과에 급제하여 영유현의 무학(武學)이 되었다. 1618년 명나라는 후금을 토벌하려고 조선에 구원병을 요청하였다. 조정에서는 강홍립(姜弘立)과 김경서(金景瑞)를 내세워서 2만의 군대를 보냈는데, 김영철은 그의 작은할아버지 김영화와 함께 김응하(金應河) 부대에 배속되어 선봉에 서게 되었다. 당시 김영철의 나이 19세, 아직 혼인도 하지 않은 때였다. 2대 독자인 그가 참전하게 되자 할아버지 김영가(金永可)가 울면서 가문의 대가 끊어지지 않도록 꼭 살아올 것을 당부했고, 김영철 자신도 꼭 살아 돌아오겠노라는 맹세로 화답을 했다.

1619년 춘 2월, 강홍립은 압록강을 건너 명나라 군대와 합류하여 후금을 치러 출전했다. 그러나 우여곡절 끝에 강홍립은 전사하고, 그 휘하의 병졸들은 포로가 되었다. 여진족의 나라 후금은 조선군에서 아름다운 모습에 고운 옷을 입은 4백여 명을 모아놓고 '이들은 조선의 양반이니 모두 죽이라'고 했다. 김영철의 작은 할아버지도 이때 죽임을 당한다. 순서대로 죽어가다가 김영철 차례가 되었는데, 갑자기 여진족 장수인 아라나(阿羅那)가 후금의 왕에게 아뢰었다. 김영철의 모습이 전사한 자신의 동생과 너무도 닮았으니 자신에게 하인으로 달라는 것이었다. 후금의 왕은 그렇게 하도록 허락하면서 포로로 잡았던 명나라 군사 5명을 함께 하사하였다.

아라나가 김영철을 집으로 데려가자 가족들은 죽은 사람이 돌아온 것 같다면서 놀랐다. 아라나는 김영철의 마음을 돌리기 위해 죽은 동생의 아내, 즉 제수씨와 혼인을 시켰다. 이들 사이에 두 아들이 태어났으니, 이름을 득북(得北)과 득건(得建)이라 했다. 1621년의 일이었다.

김영철은 5명의 명나라 포로 중에 전유년(田有年)과 친하게 지냈다. 두 사람은 늘 고향을 그리워하며 탄식했고, 반드시 돌아가리라는 마음을 함께 다졌다. 1625년 5월, 김영철은 아라나에게 말 세 필을 받아 기르게 되었고, 이해 8월 명나라 포로들과 그곳을 탈출하여 명나라로 달아났다. 후금 병사들의 추적으로 죽을 위기도 겪었고 먹을 것이 없어서 여러 날 굶주리기도 하면서 우여곡절 끝에 명나라 영원성에 당도하여, 다시 전유년의 고향인 등주로 갔다. 전유년에게는 아직 혼인하지 않은 여동생이 있었는데, 그는 생명의 은인인 김영철에게 누이를 소실로 삼도록 했다. 그렇게 얻은 부인은 늘 시부모님을 뵙지 못한다면서 김영철 부모의 화상을 모셔놓고 조석으로 인사를 올리면서 정성을 다했다. 이들 사이에서 두 아들이 태어났으니, 득달(得達)과 득길(得吉)이었다.

1630년 10월, 조선에서 명나라로 오는 사신 일행이 배를 등주에 정박시켰다.

그 배에 이연생이라는 사공이 있었는데 김영철과 친분이 있던 사이였다. 그는 죽은 줄로만 알았던 김영철을 만나자 깜짝 놀라면서 집안 소식을 전해주었다. 김영철의 부친은 안주(安州)에서 전사했고, 할아버지는 작은할아버지의 아들 집에 몸을 의탁하고 있으며 모친은 소호에 있는 친정에 가서 살고 있다는 것이었다. 소식을 들은 김영철은 고향을 그리워하는 마음이 굴뚝 같아지면서 조선을 갈 생각을 가졌다.

1631년 봄, 조선 사신이 등주로 다시 돌아와 귀국길에 오르게 되었다. 배가 출발할 무렵 영철이 이 기회를 놓치면 언제 조선으로 돌아가게 될지 기약이 없다는 사실을 깨닫고 즉시 이연생이 타고 있는 배로 숨어 들어갔다. 배의 널빤지를 떼고 그 밑에 숨은 다음 다시 널빤지로 덮어서 위장했다. 한편 김영철이 사라지자 전유년의 집안에서는 난리가 났다. 그 부인은 아이들을 업고 영철을 찾아 돌아다니다가, 조선 사신들의 귀국선에 타고 있으리라 추측하고 그 배를 뒤졌다. 그러나 널빤지 밑에 숨은 김영철을 찾아낼 수는 없었다. 이렇게 귀국하여 집으로 돌아가자 김영철의 가족들은 죽은 사람이 살아 돌아온 듯 반가워하면서 눈물을 흘렸다. 이연생이 1636년 가을에 배를 타고 등주에 들렀는데, 김영철의 중국인 아내가 두 아들의 손을 잡고 전유년과 함께 와서 김영철의 소식을 물었다. 이연생은 처음에는 모르는 척하다가 돌아올 때 자초지종을 말해 주었다. 그러자 전유년은 탄식을 하면서 귀국의 뜻을 이룬 대장부라고 했다.

1636년 12월, 병자호란이 발발했고, 1637년 1월 조선의 항복을 받았다. 그들은 주력 부대를 뒤로 물리면서 수군을 통제할 병사들을 영유현에 주둔시켰다. 영유 현령은 후금의 장수에게 노고를 치하하는 글을 올렸는데, 함께 간 김영철을 어떤 장수가 알아보고 부대에 억류시켰다. 그 장수는 김영철이 달아난 종이니 자기가 잡아가도록 해 달라고 요구했다. 현령은 난감해하다가 자기가 타고 있던 말과 몇 가지 물건을 뇌물로 바치고 김영철을 빼서 돌아왔다.

1640년 후금과 다시 전쟁이 벌어졌을 때 임경업이 참전했다. 장군은 김영철이 여진어와 중국어를 한다는 사실을 알고, 그를 명나라에 몰래 보내 밀서를 전하도록 했다. 명나라 국경을 넘어서는데, 마침 참전했던 전유년을 만나 자신의 중국 아내에게 청포 20필을 보낸다. 밀서를 전달한 뒤 명나라의 편지를 가지고 본진으로 돌아왔지만, 전쟁은 생각처럼 쉽게 풀리지 않았다.

　　1641년, 조선은 후금의 강압적 요청으로 유림(柳琳)을 파견하여 금주로 가도록 했는데, 함께 참전했던 김영철은 그곳에서 아라나를 만나게 된다. 아라나는 몹시 화를 내면서 김영철에게 이렇게 말한다. "나는 네게 세 가지 은혜를 베풀었다. 참수당할 위기에서 목숨을 구해준 은혜, 제수씨를 너에게 시집보낸 은혜, 너에게 건주(建州)의 집안 살림을 맡긴 은혜가 그것이다. 너는 나에게 세 가지 죄를 지었다. 나의 은혜를 생각하지 않고 두 번이나 도망친 죄, 말을 맡기며 잘 관리하라는 나의 진심 어린 부탁을 저버리고 배신한 죄, 도망치면서 내 천리마를 훔쳐 간 죄가 그것이다. 그러니 나는 반드시 너를 죽이겠다."

　　이때 조선의 장수 유림이 나서서 말렸다. "영철의 죄가 있기는 하지만, 공께서 이미 목숨을 살려놓고 다시 죽이는 것은 이미 행한 덕행이 훼손되는 것입니다. 영철의 목숨 값을 낼 테니 살려주십시오." 그러고는 세남초(細南草) 2백 근을 바쳤다.

　　후금의 군중에는 마침 김영철의 아들 득북이 와 있다가 부자 상봉을 하게 되었다. 김영철이 후금 군중에 머무르는 동안 득북은 온 정성을 다해 아버지를 봉양했다. 사람들은 이 사정을 알고 눈물을 흘리며 슬퍼했다. 명나라와의 전투에서 승리하고 돌아온 후금의 왕은 김영철의 이야기를 듣고 이렇게 말했다. "영철은 본래 조선 사람이었지만, 8년 동안은 나의 백성이었고 6년은 명나라 백성이었다. 그의 아들은 모두 나의 군사로 있으니, 부자가 모두 나의 백성이 아닌가. 비록 명나라에 있었다 해도 어찌 나의 백성이 되지 못한단 말인가. 그렇게 보면 김영철의 일은 내가 천하를 통일할 조짐이다." 그러고는 김영철에게 비단 10필과 말 한

마리를 하사하고 풀어주었다. 이에 그는 받은 말을 아라나에게 주고 자신이 타고 왔던 말은 아들 득북에게 준 뒤 그들과 함께 몇 달을 보내다가 고향으로 돌아왔다.

김영철이 돌아오자마자 유림은 김영철을 풀어주기 위해 속물(贖物)로 바쳤던 물건들이 군수물자라서 모두 변상하도록 요구했다. 이에 은 2백 냥으로 배상하니 다시 빈털터리가 되었다.

1658년, 조정에서는 평안도 자모산성을 수축(修築)한 뒤 부역을 면제해 주는 조건으로 그곳을 지킬 병사들을 모집했다. 김영철은 그곳으로 들어가서 만년을 지냈다. 무료할 때면 그는 늘 산성 위에 올라가 북으로는 건주 쪽을, 서쪽으로는 등주 방향을 바라보며 눈물을 짓곤 했다. 성을 지킨 지 20여 년이 지나고 84세의 나이로 세상을 떠났다.

## 전쟁이 낳은 이산가족의 슬픔과 그리움

여전히 북쪽을 바라보며 눈물짓는 분들이 많은 것을 보면 6·25전쟁은 우리 민족에게 큰 상흔을 남긴 것이 분명하다. 명절이면 판문점 인근 망향의 동산에 제상을 차리고 모여서 절을 하며 눈물을 흘리니, 세월이 흘러도 가족과 고향을 그리워하는 마음은 식지 않는 모양이다. 사람의 감정은 묘한 것이어서, 직접 겪어보지 않으면 그 깊이를 알지 못한다. 같은 일을 겪어도 사람마다 느끼는 감정의 폭과 깊이는 다르다. 그렇지만 가족과 고향에 대한 감정은 가슴 깊이 간직되어 있다가, 어떤 계기가 되면 마치 폭발하듯 솟구치기 일쑤다.

홍세태가 김영철의 삶을 글로 옮겼을 때 가장 먼저 주목했던 것은 아마도 이산가족의 슬픔과 그리움이었으리라. 김영철은 실존 인물이었던 것으로 보이는데, 그 기구한 삶을 듣는 것만으로도 가슴에 연민이 가득 차는 것을 느낀다. 또

한 이 글의 작자인 홍세태의 서술 태도에서도 분노의 시선이 느껴지는 것을[14] 보면 김영철의 이야기가 당시뿐만 아니라 후대까지도 많은 사람에게 전쟁으로 인한 백성의 고난에 대한 분노와 연민으로 다가갔다는 점을 짐작할 수 있다. 복잡한 이론을 가져다 붙이더라도 인생살이란 결국 만남과 헤어짐의 연속이 아니었던가. 두 조건이 이어지는 가운데 희비가 엇갈리는 것이 우리의 일생이니, 어쩌면 수많은 작품이 두 가지로 요약될 수도 있을 것이다.

앞서 언급한 것처럼 김영철은 세 곳에서 가족을 구성한다. 첫 번째는 후금의 건주, 두 번째는 명나라 등주(鄧州), 세 번째는 조선에서이다. 그 나름의 불가피한 사정 때문에 세 번 가족을 구성했지만 동시에 두 차례의 이별을 겪었다. 건주와 등주에서 맺은 가족의 인연은 조선으로 돌아오는 바람에 끊어졌다.

건주는 후금이 일어난 곳이기 때문에 훗날 청나라의 발원지로 존중을 받았다. 김영철이 건주에서 인연을 맺은 것은 우연히 아라나의 눈에 뜨인 탓이다. 후금은 조선의 포로 중에서 양반으로 여겨지는 사람들을 학살했다. 이 사건은 당시에 널리 알려진 탓에 몇몇 소설 작품에 반영되기도 했다. 그들은 양반인지 여부를 판별하기 위해 손을 내밀도록 해서, 희고 고운 손을 가지고 있는 사람을 모두 골라내서 4백여 명을 죽인다. 이때 김영철의 작은할아버지가 죽임을 당한다. 김영철도 사형을 당할 위기에 처했을 때 아라나가 왕에게 요청해서 겨우 목숨을 건진다. 세상을 떠난 자신의 동생과 모습이 흡사하다는 이유 때문이다. 아라나는 김영철에게 생명의 은인이다. 게다가 그는 자신의 제수씨를 김영철과 혼인을 시켜줌으로써 첫 번째 가족을 구성하는 데 결정적인 역할을 한다. 그녀와의 사이에서 두 아들을 얻었다. 북쪽에서 얻었다고 득북, 건주에서 얻었다고 해서 득건이라 이름을 지었다.

---

14 이민희, 「기억과 망각이 서사로서의 만주 배경 17세기 전쟁 소재 역사소설 읽기」,『만주연구』제11집, 만주학회, 2011년 6월), 228쪽 참조

작품의 내용으로 보아 이들 가족의 관계는 괜찮았던 것으로 보인다. 그러나 포로 중에서 김영철과 함께 아라나의 하인으로 온 명나라 군사 중에 등주 사람의 권유 때문에 야반도주를 결심한다. 그는 아라나의 요청으로 집안의 말을 돌보던 중 그 말을 훔쳐 타고 달아났다. 독자는 이 사건으로 배신감을 느꼈을 아라나와 처자식의 마음을 충분히 이해할 수 있다. 어느 한쪽을 비난하기에는 그들이 처한 사정이 참으로 복잡하다.

이들 가족은 훗날 한 차례 상봉을 한다. 명나라를 거쳐 다시 조선으로 돌아와 가족을 만났던 김영철은 다시 전란의 소용돌이에 휩쓸린다. 후금이 조선에게 군사를 파견하도록 했을 때 김영철은 통역으로 차출되어 후금의 진영으로 가게 되었다. 그때 아라나를 다시 만나게 된다. 김영철을 본 아라나는 자신의 은혜를 저버린 배신자라면서 죽여야 한다고 주장한다. 유림의 중개로 겨우 목숨을 건진 그에게 아라나는 자식을 보고 싶지 않냐면서 득북을 불러온다. 눈물로 부자 상봉을 한 뒤 그날부터 득북은 매일 술과 온갖 음식을 가셔와서 김영철을 대접한다. 이 사실이 왕에게까지 알려지자 후금의 왕은 말과 비단 등을 선물로 주며 그를 용서한다. 김영철은 건주로 가서 득건과 여러 달을 보낸 뒤 조선으로 돌아온다.

이렇게 헤어진 뒤 이들 가족은 평생토록 만나지 못했다. 그렇게 몇 달의 꿈같은 시간을 보낸 득북과 득건, 그의 어머니는 이후 어떤 삶을 살았을까. 평생 아버지, 남편을 그리워하면서 보냈을 것이다. 함께 생활했던 몇 달 동안, 득북이 최선을 다해 아버지 김영철을 봉양했던 일만 작품에 짧게 소개되어 있고 득건과 그의 어머니가 건주에서 어떻게 살았는지는 기술되어 있지 않다. 그렇지만 그들이 느꼈을 기쁨 속에는 늘 불안함이 잠재되어 있었을 것이다. 김영철이 언젠가는 조선으로 돌아갈 것이라는 사실을, 가족 재회의 기쁨이 짧은 기간만 허락된 것임을 너무도 잘 알고 있었으므로, 기쁨 넘치는 표면적 감정의 이면에는 늘 불안과 슬픔이 깔려 있었을 것이다. 얼마나 허망한 일인가. 이렇게 헤어지면 평생을 두고 그리워하면서도 만나지 못하는 신세가 되리라는 것을 잘 알고 있었을 터, 그들의 만남이 결코 기쁨만으로 채워진 것은 아니었으리라.

그에 비해 명나라에서 맺게 된 가족 인연은 한 번 헤어진 뒤 다시는 이어지지 않았다. 훗날 김영철이 다시 참전했을 때 우연히 명나라 군사로 와 있던 전유년을 만나서 소식을 주고받기는 했지만, 아내와 아이들은 끝내 만날 수 없었다. 어떻든, 건주를 탈출해서 명나라 등주로 가게 된 김영철은 함께 탈출한 전유년의 여동생과 혼인을 하게 된다. '소실'로 삼게 했다는 표현은, 전유년이 김영철의 아내와 자식이 건주 땅에 있다는 점 때문이었을 것이다. 전유년이 김영철의 인간성을 좋게 보아준 탓도 있지만, 함께 도주해서 명나라로 가면 자신의 여동생과 혼인을 시켜 주겠다는 약속을 지키기 위함이기도 했다. 전유년의 여동생은 남편 김영철을 위해 온갖 정성을 다한다. 시부모를 직접 뵐 수 없는 현실을 안타까워하면서 초상을 봉안하고 매일 문안 인사를 올리기도 했다. 부부 사이에 아들 둘이 태어났으니, 득달과 득길이었다.

중국 아내 역시 김영철의 행보를 불안한 마음으로 지켜보았을 것이다. 고향으로 돌아가기 위해 처자식을 버리고 명나라로 탈출한 사람이니, 중국의 처자식을 버리고 조선으로 돌아가지 않으리라는 보장이 없었다. 불안이 내재해 있는 가족은 늘 알 수 없는 긴장이 흐르기 마련이다. 아내는 남편에게 정성을 다하지만 아이들을 볼 때마다 남편의 정주(定住)를 믿지 못하는 것에서 비롯한 불안이 꿈틀거릴 수밖에 없었다. 남편은 동네 사람들에게 신망을 받고 즐겁게 지내는 것처럼 보였지만, 아내의 날카로운 감각을 어찌 피해갈 수 있었으랴.

김영철이 우연히 조선에서 사신이 타고 온 배를 만나고, 뱃사공 중에 아는 사람을 만나기 전까지 그 불안은 표면으로 드러나지 않았다. 뱃사공 이연생이 고향 소식을 전해주는 순간 김영철은 귀향에 대한 들끓는 마음을 주체하지 못했다. 작품에 명확하게 드러나지는 않았지만, 그 순간부터 김영철은 귀향에 대한 계획을 차근차근 준비했음이 분명하다. 그 덕에 이듬해 봄 조선 사신단 일행이 돌아가려고 등주 항구에 배를 댔을 때 그는 귀향을 결행하게 되었다. 물론 그의 결행이 과단성 있고 냉정하게 이루어진 것은 아니었다. 그는 "곁에 있는 처자를 돌아보니 또한 차마 버리고 떠날 수는 없어서 마음이 흔들렸다." 그래서 아내와 마주 앉아 술 몇 잔을 마신 뒤, 모두 잠든 틈을 타서 슬며시 집을 빠져나온다. 나는 이 대목을 읽을 때마다 김영철의 심정이 어떠했을까 떠올리며 마음 아파하곤 했다.

남편이 사라진 아침, 김영철의 아내는 십여 명의 사람을 이끌고 조선 사신단이 타고 갈 배로 달려왔다. 그녀는 남편이 아침 일찍 산책하러 나간 것이 아니라 조선으로 돌아갈 준비를 하고 조선 배를 타러 갔으리라는 것을 직감적으로 알아차린 것이다. 정말 놀랍지 않은가. 그녀는 남편의 일거수일투족에 온갖 감각적 촉수를 드리우고 있었다. 그 놀라운 것은 그녀의 날카로운 감각이 아니라 그녀가 평소에 남편의 귀향을 걱정하며 엄청난 긴장 속에서 살아왔다는 사실이다. 이 정도라면 한 여인의 삶이 정말 애처롭지 않은가.

그녀는 평생을 남편과 만나지 못한다. 친정 오빠 전유년이 훗날 전장에서 우연히 만나서 소식을 주고받은 것 외에는 어떤 소식도 듣지 못한 채 일생을 마친다. 김영철은 전유년을 만나 기쁜 마음으로 소식을 들은 뒤 청포 20필을 주면서 아내에게 전해달라는 부탁을 했다. 글에는 나와 있지 않지만, 그것은 김영철이 몸에 지니고 있던 전 재산이었을 것이다. 어떤 방식으로든 김영철은 명나라에 있을 가족들에게 자신의 마음을 전하고 싶었을 것이다. 그리움과 미안함이 혼효된 속마음을 어찌 짐작이나 할 수 있으랴.

돌아보면 고향으로 돌아오기 위해서 온갖 짓을 했는데, 그 과정에서 인연을 맺은 두 아내와 네 아들이 어찌 눈에 밟히지 않았겠는가. 평생토록 가슴에 그들을 안고 살아왔으니, 그의 일생이 기구한 것은 차치하고라도 마음에 맺힌 멍과 아픔은 독자의 마음에 깊은 울림을 주기에 충분하다. 노년에는 산성 위로 올라가 건주 쪽과 등주 쪽을 바라보며 눈물을 흘렸다는 행적에서 그가 평생 안고 살았던 마음의 상처를 알아차릴 수 있다. 게다가 마을 사람들에게 하곤 했다는 말을 들어보면 깊고 깊은 슬픔을 감추고 살아왔다는 점을 느낀다. "처자들은 나를 저버리지 않았는데 내가 실로 그들을 저버렸으니, 건주와 등주의 처자들에게 죽을 때까지 비통하고도 한스러움을 갖게 하였소. 그러니 지금 나의 곤궁한 신세가 이런 지경에 이른 것은 어찌 천벌이 아니겠소?"

## 도대체 국가란 무엇인가?

조선의 국가 권력은 충효를 모토로 삼아 백성의 힘으로 유지된다. 물론 그들은 선비가 국가를 지탱하는 본류라고 생각하겠지만 말이다. 백성은 열심히 일해서 선비를 부양하고, 선비는 국가를 바르고 강하게 키워서 백성을 보호하는 것이 당연한 일이다. 이러한 구조는 구성원들의 이름만 조금 바꾸면 예나 지금이나 다를 바가 없다. 지금도 국민이 열심히 일해서 세금을 내고 그 세금으로 수많은 사람이 국가를 위해 일을 하고, 다시 그 국가는 국민을 보호하면서 생업에 종사할 수 있도록 돕는다. 단순한 논리인 듯하지만 그것이 돌아가는 구체적인 현실은 엄청나게 복잡하다. 많은 사람과 물건들이 뒤섞여서 현실을 구성하기 때문에, 국가가 지탱되는 메커니즘을 현실에서 한 개인이 정확하게 포착하기란 불가능하다. 그렇지만 분명한 사실은, 국가를 위해 국민(혹은 백성)이 일방적으로 봉사하는 것이 아니다. 국가와 국민의 상호 작용 속에서 서로가 상승 작용을 일으키면서 탄탄하고 건강한 메커니즘이 만들어진다.

그러나 힘없는 백성에게 국가란 넘을 수 없는 거대한 권력이요 괴물이기 일쑤다. 왕과 고위 관료들의 횡포가 백성에게 하나의 일상처럼 느껴진다면, 그런 국가는 백성에게 무슨 의미가 있는 것일까? 그저 운명공동체의 의무만을 강조하면서 복종과 봉사를 요구하는 주체로서의 의미만 가진다면 국가의 필요성은 전혀 느끼지 못할 것이다. 전란이 벌어지는 원인이야 헤아릴 수 없이 많겠지만, 적어도 전란을 미연에 방지하거나 강력한 무력으로 외적의 침입을 막을 수 있어야 백성이 기댈 언덕으로 그 역할을 할 수 있다. 평소에는 하찮게 생각하다가 국가가 큰 위기에 봉착하면 백성의 역할을 강조하는 것, 그런 국가야말로 최악의 괴물이다.

김영철의 삶에서 국가는 도대체 어떤 의미가 있는 것일까? 그의 고향이 후금과 국경을 맞대고 있는 곳이므로 언제나 전쟁의 위험이 도사리고 있었던 것은 사실이다. 지금보다 더 국경의 개념이 희박했던 시기에 변방에서 살아가던 김영철은 전쟁에 노출될 가능성도 컸다. 게다가 집안은 대대로 무관이었고, 김영철 자신도 무과에 급제하여 영유현의 무학으로 근무하던 중이었다. 그에게 '조선'은 지켜야 할 국가였고, 크지는 않지만 그 안에서 약간의 권력을 가지고 살아갈 수 있도록 하는 근거였다. 그리하여 전쟁이 발발했을 때 다른 불만 없이 군대에 편입되어 조선을 위한 전쟁에 뛰어들었다.

평생을 세금만 내다가 영문도 모른 채 징집되어 전쟁터에 던져진 필부와 김영철의 경우는 다르다 할 수 있지만, 크게 보면 김영철 자신도 전쟁의 의미를 되짚어보기도 전에 극한의 상황으로 내몰린 셈이었다. 게다가 포로가 되어 양반 출신의 병사들을 색출하여 몰살시키는 와중에 작은할아버지는 죽임을 당하고 자신은 기적적으로 살아난 처지였으니, 김영철이야말로 전쟁이 주는 끔찍함을 극도로 경험한 사람이었다. 한 번만으로도 평생을 트라우마 속에서 살아갈 상황이었지만, 국가는 김영철에게 계속 봉사할 것을 요구했다. 그것은 선택권이 없는 요구였으므로, 그는 평생을 전장에서 살아갈 수밖에 없었다.

일방적인 요구였다지만, 국가가 백성에게 의무를 이행할 것을 명령했다면 그 과정에서 일어나는 문제는 국가가 감당해야 마땅한 일이다. 그러나 국가가 감당할 짐을 김영철 개인이 짊어져야만 했다. 1641년, 병자호란에서 굴욕적인 항복을 한 조선은 청태종의 요구로 명나라와 싸우기 위해 대규모 군대를 파견한다. 이때 조선은 유림을 파견하여 이제는 청나라가 된 후금의 요청에 응하게 되었다. 조선군의 통역으로 청나라 조정으로 간 김영철은 그곳에서 아라나와 만나고 다시 그곳의 아내와 아들을 만났다. 김영철을 다시 만난 아라나는 자신을 배신한 그를 죽여야겠다고 왕에게 아뢰었고, 그를 빼내기 위해 유림은 세남초 2백 근을 속물(贖物)로 바친다. 세남초 2백 근은 개인이 부담하기에는 엄청나게 큰 금액이었을 뿐 아니라 세남초를 2백 근이나 구한다는 것 자체도 쉽지 않았다. 유림의 주선으로 일단 속물을 바치고 풀려난 김영철은 다시 조선군을 위해서 애를 썼다. 그러나 조선으로 돌아온 김영철을 기다리고 있는 것은 호조(戶曹)의 공문이었다. 세남초 2백 근은 국가의 재물이니 세남초 값으로 은 2백 냥을 바치라는 내용이었다. 조선을 위해 다시 전장에 나아갔다가 문제가 생긴 것을 국가는 개인에게 귀책사유가 있다고 판단한 것이다. 엄청난 돈을 구할 수 없었던 김영철은 결국 가산을 모두 정리해서 1백 냥을 냈다. 나머지를 낼 길이 없어 망연자실할 때 주변 친척들의 도움으로 모두 낼 수 있었다. 김영철의 나이 40세가 훌쩍 넘은 때였다.

1658년, 조선은 평양의 자모산성을 수축(修築)하면서 병사들을 징발했다. 김영철은 이곳의 산성을 쌓으면서 군사로 복무를 하면 부역을 면제해 준다는 말에 따라 들어간 것으로 보인다. 돈 한 푼 없는 처지에 이렇게라도 해야 입에 풀칠할 방도가 생길 것으로 본 것이다. 20년 가까운 세월 동안 국가는 김영철을 돌보지 않았던 것이 분명하다. 마음에 불평이 쌓이면 산성에 올라가서 건주와 등주 쪽을 하염없이 바라보다가 눈물을 흘리곤 했다고 하니, 그의 마음은 헤어진 가족 생각에 상처로 가득했을 것이다. 그곳에서 약 20여 년을 살다가 84세에 세상을 떠날 때까지, 국가는 김영철을 위해 어떤 것도 하지 않았다.

세월이 흘러도 국가는 여전히 국민을 위해 무엇을 하고 있는지 되묻게 된다.

이면에는 국가 권력이 우리 삶의 세밀한 부분까지 스며들어 영향을 미치고 있다는 의미이기도 하다. 동시에 그럼에도 불구하고 국가가 개인의 삶에 그리 긍정적 영향을 미치지 못하고 있다는 의미이기도 할 것이다. 국가가 국민의 일상과 생명을 보호하는 것에 최우선의 포커스를 맞추지 못한다면 당연히 국민에게 국가는 불필요한 존재다. 근본적인 고민 없이 세금을 내고 국가가 부과하는 의무를 이행하기 위해 애쓰며 국가가 요구하는 법의 테두리에서 벗어나지 않으려고 기를 쓰는 우리에게, 김영철의 삶은 '국가'의 근본적인 지점이 어디인가를 묻게 한다.

어디서 비롯된 전쟁인지도 모르고 평생을 그 소용돌이 속에 휩쓸려 만주와 명나라를 떠돌다 조선으로 되돌아온 사내는, 마음에 깊은 상처와 그리움을 담고 깊은 산성 안의 마을에서 살다가 사라졌다. 그 상처와 그리움의 근원을 찾아 올라가면 어김없이 국가가 나타난다. 개인의 아픔이나 소망에는 아랑곳하지 않고 오직 국가 권력의 욕망을 추구하기 위해 직진하는 모습에서 우리는 괴물이 되어 버린 국가의 거대한 그림자를 발견하게 된다. 이럴 때면 1930년내 아나키스트의 고민과 삶이 새삼스럽게 다가오는 것이다.

# 13권. 책쾌, 조신선

## 冊儈, 曹神仙

# 책쾌, 책이 흐르는 길을 만든 사람

— 책쾌와 『명기집략』 사건

## 『명기집략(明紀輯略)』 사건의 전말

영조 47년(1771) 5월 26일, 이희천(李羲天)과 배경도(裵景度)가 사형 언도를 받았다. 왕은 심문을 위해 임시로 만든 자리인 장전(帳殿)을 세 차례 돌게 한 뒤 훈련대장이 두 사람을 청파교에서 효시(梟示)하고 그들의 머리를 한강변에 3일간 매달아두게 하였다. 또한 처자식들은 흑산도로 유배를 보내 노비로 만들었다. 『명기집략(明紀輯略)』을 둘러싼 사건이 일단락되는 순간이었다. 이들은 도대체 무슨 죄를 지었기에 이렇게 가혹한 처벌을 받았던 것일까?

역사에 기록되는 내용은 때로 국가의 바탕을 흔드는 경우가 있다. 특히 조선과 같이 명분과 의리를 중시하는 나라에서 자국의 역사가 왜곡되어 기록된다는 것은 심중한 사건이었다. 조선이 건국되고 나서 조선의 역사는 사초(史草)로 기록되었다가 왕이 세상을 떠나면 정리되어 『왕조실록』으로 편찬된다. 그렇기 때문에 조선 시대에 정사(正史)는 『왕조실록』을 빼면 없다고 해도 과언이 아니다. 사대부 개인이 아무리 객관적인 자료를 동원해서 역사를 기술했다고 해도 그것은 야사(野史)에 불과하다. 그 기록이 때로는 해당 왕의 실록을 편찬할 때 자료로 이용되기는 하지만, 그래도 그 책 자체는 야사로 분류된다. 그러므로 조선의 역사는 정사를 중심으로 사대부 개인이 편찬한 일부 책들에서 기술되어 전한다.

그런데 외국에서 조선의 역사를 기록하는 경우도 있다. 바로 명나라의 역사서다. 명나라는 황제의 나라였으므로 주변의 제후국에 대한 역사를 간략하게나마 수록했다. 문제는 그 기록이 조선의 생각 혹은 역사적 사실과는 다르게 수록되었다는 점이다. 그것도 왕의 계보와 관련된 기록에 문제가 생기면 그것은 왕통(王統)과 관련되므로 조선으로서는 민감하게 반응할 수밖에 없었다. 조선 전기의 경우 명나라에서 편찬하고 반포한 『황명조훈조장(皇命祖訓條章)』에 이성계를 고려의 권신 이인임(李仁任)의 아들로 기록한 것이 대표적이다. 조선으로서는 이 기록이 조선을 건국한 정통성을 훼손하는 결과를 가져올 수 있었던 터라 당연히 바로 잡으려고 애를 썼다.[15] 여러 차례 사신을 보냈지만 이미 편찬되어 반포된 기록을 바꾸는 일은 쉽지 않았다. 영락제의 허락을 받았어도 그 이후에 편찬된 다른 책에서는 반영되지 않기 일쑤였다. 많은 인력과 재물을 들여서 고치기는 했지만 그것이 얼마만큼의 효과를 얻었는지는 미지수다.

조선 후기에도 이와 유사한 문제가 발생했다. 광해군이 조카 인조에게 왕위를 빼앗겼다는 기록이 명나라에 등장한 것이었다. 광해군이 병이 들자 인조가 반역을 일으켰고, 결국 광해군을 결박하여 불에 던져 죽이고는 인조 자신이 왕위에 올랐다는 것이 주요 골자였다. 조선으로서는 참으로 황당하기 그지없는 기록이었다. 조선 측은 이를 바로 잡기 위해 꾸준히 외교적 노력을 기울였고, 100여 년의 노력 끝에 조선의 입장이 반영된 『명사明史』가 청나라에 의해 편찬되었다. 그러나 문제는 엉뚱한 곳에서 다시 발생했다.

---

15  이 사건에 대해서는 정병설, 「조선 시대 대중국 역사변무의 의미」, 『역사비평』 제116호(역사비평사, 2016년 8월)를 참조하였다. 뒤에서 서술되는 『명기집략』 사건도 논의되어 있어 참조할 만하다.

1771년 5월 20일 영조는 전(前) 지평(持平) 박필순(朴弼淳)이 왕에게 올린 상소를 보고 놀라서 당장 궁궐로 불러들이도록 한다. 박필순의 상소에 의하면 이전의 외교적 노력으로 인조반정에 관한 기록을 조선 측 주장으로 바꾸어 놓았는데, 여전히 잘못된 기록이 중국에서 발견되었다는 내용이었기 때문이다. 그 책은 바로 주린(朱璘)이 편찬한 『강감회찬(綱鑑會纂)』이었다. 이 책이 비록 정사는 아니지만 편찬자 주린은 그 당시 대학사(大學士)였고 서문을 쓴 사람은 예부 상서 겸관한원 첨사(禮部尙書兼管翰院僉事) 장영(張英)이었기 때문에 문제가 심상치 않다고 판단한 것이다.

박필순을 불러들인 영조는 구체적인 내용과 책을 습득한 경위를 물었다. 내용은 왕의 계보에 대한 잘못된 정보가 들어 있으며, 책은 박명원(朴明源)의 집에서 빌려 보았노라고 했다. 박명원은 영조의 부마이자 연암(燕巖) 박지원(朴趾源)의 재종형으로, 박지원을 중국에 데려감으로써 『열하일기』가 탄생하도록 만들어준 장본인이다. 박명원도 다른 집에서 빌려왔는데 그 책을 펼쳐보지는 않은 상태였다는 사실이 첨언되어 있다. 결국 영조는 이 책을 누가 가지고 있는지 자세하게 조사하도록 지시를 내림으로써 이 문제는 조선 지식인 사회를 강타하는 중요한 사건으로 떠오른다.

며칠 동안 이 사건은 자세히 조사되어, 5월 26일 이 사건에 책임을 지고 이희천과 배경도가 사형을 당한 것이다. 이 사건을 장황하게 거론한 것은 두 사람 중 배경도가 바로 '책쾌(冊儈)' 즉 책 거간꾼이었다는 점 때문이다. 이렇게 중대한 사건에 책 거간꾼이 주범 중의 한 사람으로 지목되어 사형을 당한 셈이다. 그것은 이어지는 사건 수습 과정에서 영조의 말을 통해 약간의 실마리를 얻을 수 있다.

박필순은 중국 사신을 통해서 수입된 『강감회찬』을 박명원의 집에서 보았는데, 이 책의 말미에 주린이 편찬한 『명기집략』에 수록되어 있고 거기에 조선 왕실에 대한 잘못된 정보가 들어 있었다는 것이다. 이 책을 가진 사람들을 샅샅이 뒤지는 과정에서 이희천이 잡혀 들었고, 보관만 했을 뿐 읽지는 않았다는 이희천의 변명에도 불구하고 사형을 시켰다. 그리고 『강감회찬』과 비슷한 유의 역사서가 많지만, 특히 『명기집략』을 구입한 사람에 대해서는 빨리 처분하도록 명을 내린다. 그리하여 같은 날인 26일, 영조는 이 책을 널리 판매한 '책쾌' 8명을 흑산도로 보내 종으로 삼게 하였다. 27일에는 당시 예문관제학(藝文館提學) 채제공(蔡濟恭)이 중국 측 기록을 바로 잡아 달라는 내용의 주문(奏文)을 지었고, 28일에는 심지어 『명기집략』을 편찬한 주린(朱璘)과 같은 글자를 이름에 쓴 엄린(嚴璘)을 엄숙(嚴璹)으로 고치게 명을 내리기까지 한다.

그 과정에서 영조는 도성에 '책쾌'가 가득하다고 언급함으로써 당시 책 거간꾼이 상당히 많았음을 생생하게 증언한다. 임금도 그 존재를 잘 알고 있었던 '책쾌'는 어떤 존재였을까?

## 지성의 전파와 책쾌의 역할

어느 시대나 지식은 늘 권력과 함께 움직였다. 세상의 큰 도둑질을 하는 사람이나 큰 기여를 하는 사람은 모두 지식을 소유하고 있는 사람들이었다. 다만 자신이 소유하고 있는 지식을 어떤 방식으로 활용하는가에 따라 결과는 달라졌다. 새로운 지식이 나타나면 그것은 한동안 권력으로 작동한다. 다른 사람이 모르는 것을 내가 안다면, 그 정보의 차이가 만드는 사회적 혹은 정치적 권력 역시 차별적으로 형성될 것이다. 그러나 그 지식은 언제까지 늘 권력으로 작동하지 않는다. 시간이 흘러서 많은 사람이 그 지식을 알고 이해하게 된다면 이제는 소수자의 지식에서 대중 지식으로 확대된다. 심지어 하나의 상식으로 인식되기도 한다.

하나의 지식이 소수의 지식인에게 독점되다가 점점 확대되어 대중 지식이 되기 위해서 필수적으로 요청되는 것은 바로 교육이다. 교육 때문에 사회 구성원들은 새로운 지식을 대중적인 것으로 만들어간다. 동서고금을 막론하고 늘 중요한 화두로 교육 문제를 거론했던 것은 바로 이 때문이다. 교육을 통해서 인간은 드넓은 지식의 세계로 들어가는 계기를 마련한다. 특히 근대 사회는 교육 제도를 활용해서 시민 사회를 만들어 갈 수 있는 대중을 만들어가고 세계 시민으로 성장할 수 있는 토대를 마련하였다.

그러나 교육 제도만으로는 한계가 있다. 그 한계를 넘어서게 하여주는 것이 바로 도서관이나 서점 같은 곳이다. 자신이 원하는 지식, 궁금한 분야를 교육 제도에서 모두 해결하기 어려울 때 우리는 이런 곳으로 가서 문화적 갈증을 해소한다. 근대 이후 서점의 확산과 함께 대중 지식이 활발하게 퍼져나갔던 것도 서점이나 도서관과 같은 공간 덕분이다.

이런 생각을 하노라면 문득 조선 시대에도 서점이 있었을까 하는 의문이 생긴다. 조선 후기에는 상업적 목적으로 출판된 방각본(坊刻本)이 다수 존재하기 때문에 서점도 있었으리라 생각한다. 조선 전기로 시대를 거슬러 올라가면 그 존재 여부를 확인하기가 어려운 것이 현실이다. 물론 국가적 차원에서 서점을 설치하자는 건의를 한 기록이 있기는 하지만, 성공적으로 서점이 설치되어 운영된 것으로 보이지는 않는다. 서점이 정상적인 영업을 하려면 화폐 제도와 같은 경제적 여건이 조성되어 있어야 하고 지식의 확산에 대한 사회적 공유가 있어야 하기 때문이다.

많은 책이 필사를 통해 유통되기는 했지만, 사정이 여의치 못한 사람들은 책을 어디선가 구해야 했다. 서점이 거의 없었던 시대에 책을 구입하는 사람과 판매하는 사람을 중개하는 사람이 있어야 했다. 그런 역할을 했던 사람이 바로 책 거간꾼이었다. 이들을 지칭하는 용어는 다양하다. 우리나라와 중국 등에서는 서쾌(書儈), 책쾌(冊儈), 매서인(賣書人), 서상(書商), 서우(書友), 서객(書客) 등으로 지칭되었다. 대체로 이들은 책을 제작해서 판매하는 사람이라기보다는 책의 매매를 중개해주는 일종의 '거간꾼' 역할을 했다.[16] 이들은 다양한 방식으로 책을 유통시키면서 근대 이전 지식인 사회에 존재감을 형성하고 있었다.

## 조선의 대표 책쾌 조신선

18세기 후반에서 19세기 전반에 걸쳐 살았던 사람 중에 조신선(曺神仙)이라 불리는 책쾌가 있었다. 그는 당시 지식인들 사이에서 유명 인사였다. 그의 정확한 이름이라든지 신세 내력은 알려지지 않았지만, 적어도 책을 사랑하는 사람들에게는 유명한 인물이었다. 그 유명세를 증명이라도 하듯, 정약용(丁若鏞)의 「조신선전(曺神仙傳)」, 조수삼(趙秀三)의 「육서조생전(鬻書曺生傳)」, 조희룡(趙熙龍)의 「조신선전(曺神仙傳)」, 서유영(徐有英)의 『금계필담(錦溪筆談)』 등 여러 곳에 모습을 남기고 있다. 조신선을 어떤 시선으로 보는지는 사람에 따라 다르지만, 그가 당시 책쾌로서의 능력이 최고였다는 증언은 일치한다.

정약용의 전언에 의하면, 붉은 수염에 우스갯소리를 잘하였으며 눈에는 신이한 빛으로 번쩍였다고 한다. 게다가 제자백가와 관련된 책 정보에 해박하여 어느 분야든 막힘없이 이야기해서 박식하고 우아한 군자의 모습이 있었다고 한다. 그렇지만 그는 고아나 과부의 집에 소장된 책을 싼값에 사들여서 비싼 값에 되팔아서 두 배의 이문을 남겼다. 이 때문에 책을 판 사람들은 모두 그를 못마땅하게 여겼다.

욕심 많은 그에게 '신선'이라는 이름을 붙인 것은 바로 늙지 않는 모습 때문이었다. 정약용이 1776년 무렵 벼슬살이를 하러 한양으로 왔을 때 그를 만났는데 얼굴이나 머리가 마흔이나 쉰 살쯤 되어 보였다. 그런데 1800년에 다시 만났을 때 여전히 옛날 모습을 그대로 간직하고 있었다. 또 어떤 사람은 1820년에 그를

---

16　이와 관련하여 이민희 교수가 『16~19세기 서적중개상과 소설·서적 유통 관계 연구』(역락, 2007)에서 자세히 다룬 바 있다.

만났고 어떤 사람은 그보다 훨씬 이전인 1756년에 그를 만났는데, 한결같이 마흔 살쯤 되어 보이는 모습이었다고 증언했다. 이 때문에 그에게 신선이라는 칭호가 붙은 것이다.

정약용이 조신선을 욕심 많은 사람으로 보았지만, 조수삼이나 조희룡은 그가 존비귀천(尊卑貴賤)을 가리지 않고 책이 필요한 곳이면 언제든지 달려가서 책을 공급했다고 하면서 긍정적으로 바라본다. 이는 양반으로서의 입장을 가진 정약용과 중인층 이하의 사람들에게 호의적인 시선을 가졌던 조수삼, 조희룡의 차이에서 오는 것일지도 모르겠다. 그런데 조수삼의 기록에는 조신선에게 나이를 물어보면 늘 서른다섯이라고 대답했지만 그의 말에는 일백 수십 년 전의 이야기가 등장한다고 했으며, 조희룡의 기록에는 그가 늘 예순 살이라고 대답했지만 나이를 헤아려보면 일백삼, 사십 세쯤 되리라고 했다. 실제 나이가 어떤지는 몰라도 그가 젊은 모습으로 책이 필요한 곳에는 언제든지 나타났다는 사실을 알 수 있다. 그러니 조수삼은 뛰어난 재주를 품고 있지만 시대를 만나지 못해서 세상을 희롱하며 살아가는 사람일 것으로 추정했으며, 조희룡은 문자선(文字仙)이 아닐까 생각했던 것이다.

그런데 조수삼의 기록에 조신선과 관련하여 『명기집략』 사건이 등장한다. 1771년 『명기집략』 때문에 책을 모두 불에 태웠을 때 이 책의 유통에 관여했던 책쾌들을 사형시킨 일을 언급한다. 당시 나라 안의 모든 책쾌가 죽었는데, 조신선은 이 일을 미리 알아차리고 지방으로 달아나는 바람에 홀로 죽음을 면했다고 한다. 이 정도면 조신선은 비록 저잣거리에서 허름하게 살아가는 책쾌에 불과하지만 뛰어난 식견과 세상을 보는 눈을 갖춘 이인(異人)이었던 셈이다.

책이 귀하던 시절, 책을 구하는 과정에서 책쾌는 필요한 존재였다. 출판된 책보다는 필사본이 많아서 선본(善本)을 구하는 것도 관심사였다. 책을 구하기도 어려웠지만 책의 종류가 많지 않던 시기에 상당량의 장서를 구비하는 것 역시 흔치 않은 일이었다. 오죽하면 한 가문에 자손을 가르치기 위한 책을 구비하려면 삼대가 노력해야 한다고 말하겠는가. 그만큼 책을 구하는 일은 어려웠다. 그 책들이 적재적소에 배치될 수 있도록 한 사람들, 그리하여 지식이 적절하게 사회 전반에 흐르게 하는 것이 책쾌의 역할이었다.

조신선의 예에서 명확히 볼 수 있듯이, 근대 이전 우리나라의 책은 대체로 책쾌와 같은 거간꾼에 의해 유통이 되었다. 그들은 누구 집에 어떤 책이 있고 내용은 무엇인지 환히 꿰뚫고 있었으며, 책에 대한 방대한 지식과 정보를 이용해서 매매로 연결시켰다. 어찌 보면 책쾌야말로 한 시대의 지식이 사회의 구석구석을 흘러 다닐 수 있도록 길을 만든 사람들이다. 조희룡이 기록한 조신선은 그렇게 각계각층의 인사들을 만나고 다닌 흔적을 보여준다. 그는 항상 한양 도성 안을 돌아다니면서 동서남북, 존비귀천을 가리지 않고 어디든지 다녔으며 아이들과 하인들이 '조신선'이라고 부르면서 간혹 업신여기는 듯한 태도를 보여도 한 번 웃고 말 뿐이었다고 한다. 책을 팔아서 약간의 이문이 생기면 그 돈으로 술을 마셨다고 하니, 정말 세상일에 초연한 신선으로서의 태도가 엿보이기도 한다.

자신의 지식을 세상에 드러내지 못하고 그저 책을 통해서 사람과 사람 사이에 지식이 유통될 수 있도록 했던 책쾌 조신선. 그가 걸었던 엄청난 발품 덕에 조선은 새로운 지식이 좀 더 대중화될 기회를 얻었다. 그들은 의식하지 못했겠지만 지식의 유통으로 사회의 지성은 전반적으로 상승할 수 있었다. 교육열의 이면에 출세에 대한 열망이 있었다 하더라도 지식의 부단한 흐름은 사회를 새로운 단계로 이끌었다. 근대 이후 출판과 서점의 증가와 경제 구조의 발달 때문에 더 이상 책쾌는 설 자리를 잃었지만, 그들이 했던 역할은 기억해야 할 것이다.

차이와 반복이 만들어내는 탁월한 서사

# 한국 고전 소설의 매혹

| | |
|---|---|
| **1판 2쇄발행** | 2021년 1월 20일 |
| **지은이** | 김풍기 |
| **발행인** | 윤미소 |
| **발행처** | (주)달아실출판사 |
| **편 집** | 박제영 |
| **디자인** | 전형근 |
| **미케팅** | 배상위 |
| **법률자문** | 김용진 |
| **주소** | 강원도 춘천시 춘천로17번길 37. 1층 |
| **전화** | 033-241-7661 |
| **팩스** | 033-241-7662 |
| **이메일** | dalasilmoongo@naver.com |
| **출판등록** | 2016년 12월 30일 제494호 |

ⓒ김풍기, 2020

ISBN 979-11-88710-78-2  03810